Für Christiane

Inhalt

Westwärts

Der Direktor saß auf einer niedrigen Mauer vor dem Krankenhaus. Sein Gesicht war grau wie die Fassade des Gebäudes, in der jetzt ein anderthalb Stockwerke großes Loch klaffte. Jan hatte gehört, dass eine Rakete einen Teil des Gebäudes zerstört und den Rest unbewohnbar gemacht hatte.

„Was ist mit den Patienten?", fragte Jan.

Der Direktor zuckte resigniert mit den Achseln. „Einige haben wir verlegen können, einige konnten bei Leuten aus der Stadt unterkommen, einunddreißig waren sofort tot."

„Das war's dann also", sagte Jan. Hier gab es nichts mehr für ihn zu tun.

„Gehen Sie westwärts", sagte der Direktor. „Bestimmt können sie da noch Ärzte brauchen."

„Und Sie?", fragte Jan.

Der Direktor blickte unschlüssig über ihn hinweg, als ob er dort eine Erleuchtung erwarten würde.

„Mal sehen", sagte er zögerlich.

Jan wandte sich zum Gehen. „Dann bis irgendwann. Vielleicht kreuzen sich die Wege mal wieder. In besseren Zeiten."

„Augenblick." Die Stimme des Direktors hielt ihn zurück. „Können Sie Elena mitnehmen? Sie will nicht weg von hier. Ihre Mutter war unter den Toten, aber sie hat das nicht begriffen."

Er wartete keine Antwort ab, sondern rief in das halbzerstörte Gebäude: „Elena!"

Nichts geschah.

7

„Kommen Sie", sagte der Direktor. Die beiden bahnten sich einen Weg über Trümmerteile und Glasscherben in das Haus. Im Erdgeschoss lag die Ambulanz. In einem der Behandlungszimmer, das noch leidlich intakt war, kauerte unter einer Untersuchungsliege ein Mädchen. Es war schmächtig und mochte acht oder neun Jahre alt sein, hatte die Arme um die Knie geschlungen und wiegte sich leise hin und her. Als die beiden Männer eintraten, blickte es auf und machte einen krächzenden Laut.

„Sie spricht nicht", sagte der Direktor, „aber sie versteht ziemlich viel."

An Elena gewandt, fuhr er fort: „Hier ist ein Doktor, der dir helfen wird, deine Mama zu finden."

Elena runzelte die Stirn und blickte Jan prüfend an. Der Betrug, mit dem sie von hier weggelockt werden sollte, widerstrebte ihm. Aber er hielt ihrem Blick stand und versuchte ein freundliches Lächeln.

„Komm", sagte er und streckte die Hand aus. Sie überlegte noch einmal kurz und kroch dann unter ihrer Liege hervor. Als sie die ersten Schritte tat, bemerkte Jan, dass ihre Beine steif waren und sie ihre Knie beim Gehen mühsam aneinander vorbei schieben musste.

Er sah den Direktor zweifelnd an. „So kommen wir nicht weit", sagte er. „Haben Sie keinen Rollstuhl?"

„Sie hasst Rollstühle", sagte der Direktor, „seitdem sie mal damit umgestürzt ist. Aber eine Schubkarre könnte ich Ihnen bieten."

Sie traten vor das Haus, und der Direktor leerte kurzerhand eine Schubkarre mit Trümmerteilen aus. Dann hob er Elena hoch und setzte sie in die Schubkarre. Elena blickte erst erstaunt, dann erhellte ein breites Grinsen ihr Gesicht und sie sagte etwas wie „Hiäh!"

„Okay, dann wollen wir mal", sagte Jan. „Also bis dann."

„Viel Glück", sagte der Direktor. In der Vorortstraße herrschte reger Verkehr. Die meisten waren zu Fuß unterwegs, mit Rucksäcken und Handkarren. Manchmal fuhren Lastwagen vorbei, die Ladefläche dicht bepackt. Am Straßenrand standen an einigen Stellen zerbeulte Autos. Auf einer Kreuzung lag, wie ein riesenhaftes schwarzes Insekt, ein ausgebrannter Panzer. Viele Häuser waren zerstört. Jan musste Schlaglöcher und Bombentrichter umfahren. Das Mädchen hatte die Beine über den Rand der Schubkarre gehängt und schien die Fahrt zu genießen. Einmal donnerte ein Flugkörper mit hoher Geschwindigkeit über sie hinweg. Noch bevor er hinter dem Horizont verschwand, stieg aus der Nähe ein zweiter Flugkörper auf und flog auf sie zu. Es gab einen grellen Blitz, und einige Sekunden später hörten sie eine ohrenbetäubende Explosion. Elena stieß einen Schrei aus und hielt schützend die Arme über den Kopf. Als Jan ihr beruhigend über die Schulter strich, ergriff sie seine Hand und drückte sie gegen ihre Wange.

Sie zogen weiter.

An die zweite Explosion konnte er sich nicht erinnern. Eine warme Flüssigkeit lief über sein Gesicht. Die Straße war menschenleer. Ein Haus in ihrer Nähe war zu einem Trümmerhaufen zusammengesunken. Der Himmel war aufgerissen, und die Abendsonne tauchte die zerstörte Stadt in ein unwirklich friedliches Licht. Das Hämmern der Artillerie in der Ferne war verstummt.

Jan wischte sich das Blut ab. Elena lag neben ihrer umgestürzten Schubkarre, blickte ihn mit angstgeweiteten Augen an und wimmerte leise. Aber sie schien unverletzt. Er hob sie auf. Sie klammerte sich an seinen Hals und verbarg ihr Gesicht in seinem Mantelkragen. Er redete ihr beruhigend zu und setzte sie wieder sanft in die Schubkarre.

Sie ließen die letzten Ausläufer der Stadt hinter sich. Bei Sonnenuntergang gelangten sie an einen Fluss. Die Brücke lag zerstört im Wasser. Nun war kein Weiterkommen. Jan setzte die Schubkarre ab und streckte seinen Rücken. Das Mädchen schaute ihn fragend an. Er verbarg seine Ratlosigkeit und lächelte ihr beruhigend zu.

„Wir finden einen Weg", sagte er und bog in den Uferweg ein. Hinter einer Biegung des Flusses entdeckten sie in der Nähe einer Siedlung einen Kahn, der am Ufer festgemacht war. Als sie näher kamen, löste sich aus dem Halbdunkel von einem der Häuser eine gebeugte Gestalt und kam auf sie zu.

„Können Sie uns übersetzen?", fragte Jan.

„Können Sie zahlen?", gab der Alte zurück.

Jan holte aus seiner Manteltasche einen Geldschein. Der Alte streckte eine knochige Hand aus, nahm den Geldschein, ohne ihn anzusehen, und wies mit einer Kopfbewegung auf den Kahn. Jan setzte seinen Rucksack ab und hob mit dem Alten zusammen die Schubkarre in den Kahn. Dann nahm er das Mädchen auf den Arm und stieg hinterher. Sie klammerte sich ängstlich an ihn.

Der Fährmann ergriff die Ruder. Mittlerweile hatte sich Nebel auf den Fluss gesenkt, sodass das jenseitige Ufer nicht zu sehen war. Das Übersetzen dauerte eine

Viertelstunde. Als Jan wieder festen Boden unter den Fü-
ßen verspürte und Elena in die Schubkarre gesetzt hatte,
bemerkte er, dass er den Rucksack mit den Lebensmitteln
am jenseitigen Ufer zurückgelassen hatte. Aber der Alte
hatte schon wieder abgelegt, als Jan ihm hinterherrief,
und verschwand bald darauf im Nebel.

Sie erreichten erneut die Ausläufer einer Stadt. Die
Sonne war längst untergegangen, aber es blieb ein ungewisses Dämmerlicht. Weiter vorne sah er schemenhafte
Gestalten, die in dieselbe Richtung strebten. Er war tod-
müde, aber sein Brustkorb hatte aufgehört zu schmerzen.
Es wurde kühl. Sie brauchten jetzt ein Nachtquartier.
In einem der Häuser brannte ein schwaches Licht. Jan
klopfte an der angelehnten Haustür, aber es regte sich
nichts. Er hob das Mädchen aus der Schubkarre und trat
ein, Elena dicht hinter ihm. Im Hausflur waren Kleidung,
Hausrat und zersplitterte Möbel verstreut.

Die Frau in der Küche saß reglos und hatte die Hände in den Schoß gelegt. Als Elena sie sah, stieß sie einen
Freudenschrei aus. Die Frau strecke die Arme nach ihr
aus und lächelte. Jan tauschte einen Blick mit ihr.

Sie nickte, wie um seine stumme Frage zu bejahen. Er
berührte Elena, die in den Armen ihrer Mutter lag, schüch-
tern an der Schulter und wandte sich zum Gehen.

Draußen reihte er sich ein in den Zug der schweigenden Gestalten, die westwärts zogen.

11

Die Geschichte von Olivier

Als ich ihn zum ersten Mal sah, lag er stockbetrunken auf einer Matratze in einem trockenen Winkel unter der Brücke. Einer von etlichen Obdachlosen. Das einzige, was mir zunächst auffiel, war die Gitarre, die hinter ihm an der Mauer lehnte. Sie sah reichlich ramponiert aus – und sie hatte keine Saiten. Ich war unterwegs zu einem wichtigen Termin, deshalb streifte ich ihn nur mit einem flüchtigen Blick. Als ich am Nachmittag zurückkam, war er wach und kauerte mit angezogenen Beinen auf seiner Matratze. Neben ihm stand ein Einkaufswagen, der offenbar seine Besitztümer barg. Ich schätzte ihn auf ungefähr sechzig, aber vielleicht war er viel jünger. Sein Gesicht war schwer vom Alkohol gezeichnet, seine grauen Haare hingen ihm ins Gesicht. Dennoch war in diesem Gesicht etwas, das meinen Blick für die Dauer eines Herzschlags länger anzog. Er kam mir dann sogleich wie eine Indiskretion vor, dieser Blick, zumal der Angeschaute ihn für einen gleich kurzen Moment erwiderte. Dies muss wohl rückblickend der Beginn unserer Bekanntschaft gewesen sein.

Ich wählte meinen Weg zur Redaktion nun täglich am Fluss entlang und unter der Brücke hindurch. Meist saß er da in seiner Ecke, manchmal auch auf einer der Bänke.

Eines Tages grüßte er mich mit einem kurzen Kopfnicken, und ich grüßte zurück. Wiederum einige Tage später – es war ein Freitagabend, und ich war entspannt und freute mich auf das Wochenende – sprach ich ihn an.

„Ihre Gitarre?", fragte ich und wies mit dem Kopf auf das Instrument. Er nickte.

„Warum machen Sie keine Saiten drauf?", fragte ich weiter.

Sein Blick verlor sich irgendwo an der gegenüberliegenden Häuserfront.

„Keine Saiten mehr", antwortete er nach einer Weile. Es klang wie ein Beschluss. Seine Stimme fiel mir sofort auf. Sie war etwas heiser, aber sie klang wie bei jemandem, der Stimmerziehung genossen hatte.

„Sind Sie musikalisch?", fragte er.

Ich musste ihn enttäuschen und erzählte von den vergeblichen Versuchen meiner Eltern, mich für ein Instrument zu begeistern. Ein Gespräch entspann sich, in dem ich seinen Namen erfuhr und dass er eine Karriere als Opernsänger hinter sich hatte, die er jedoch dann irgendwann abgebrochen hatte. Seine Sprache war die eines gebildeten Mannes. Er gestattete mir später, seine Geschichte aufzuschreiben unter der Bedingung, dass ich seinen wirklichen Namen nicht nennen würde. Im Folgenden werde ich ihn Olivier nennen.

Nun begann ich, mich für ihn zu interessieren. Ich recherchierte im Internet und fand als Erstes ein Foto von ihm, etwa 20 Jahre alt. Ein gut aussehender Mann mit dichtem dunklen Haar und dunklen Augen. An seiner Seite eine junge Frau – eine Künstlerkollegin? Eine Freundin? Dann stieß ich auf ein Video bei YouTube. Er stand in einem Park und sang eine Arie aus einer italienischen Oper. Der Gesang schien aus der Tiefe seines Herzens zu kommen. Welches Wesen auch immer ihm zuhörte, es musste von ihm verzaubert sein. Die Bäume um ihn herum, gerade noch vom Wind bewegt, schienen stille zu halten und sich ihm zuzuneigen. Er hätte, so schien mir, Steine zum Weinen bringen können.

Über sein Karriereende fand ich nichts. Es schien plötzlich gekommen zu sein. Bei unserem nächsten Treffen, weiterhin unter der Brücke, fragte ich ihn geradeheraus, warum er mit dem Singen aufgehört habe. Mir schien das keine indiskrete Frage, weil sie ja auch mein Bedauern anklingen ließ. Die Geschichte, seine Geschichte, so wie ich sie jetzt zusammenfasse, erzählte er mir dann stückweise, mäandernd, im Verlauf mehrerer Tage. Es gab Widersprüche darin, aber ich zweifelte nicht an ihrem wahren Kern.

Auf dem Höhepunkt seiner Karriere hatte er sich in eine junge Kollegin verliebt, ich nenne sie hier Eugénie. Das Schicksal hatte sie nicht nur zusammengeführt, sondern auch vorgesorgt und alles für ihren gemeinsamen Weg bereitet. Sie arbeiteten in der gleichen Stadt, hatten eine langfristige berufliche Perspektive, fanden eine herrliche Altbauwohnung. Sie heirateten und wünschten sich ein Kind. Das Schicksal, so schien es, wollte das Füllhorn des Glücks über sie ausschütten.

Dann stürzte Eugénie bei einer Probe unglücklich und brach sich den Knöchel. Ein komplizierter Bruch, der operativ behandelt werden musste.

Sie hatte auch nach der Operation weiterhin Schmerzen. Ein unvorsichtiger Hausarzt verschrieb ihr ein Opiat. Als die Schmerzen auch nach vielen Wochen nicht nachließen und Eugénie immer höhere Dosen des Schmerzmittels brauchte, merkte der Hausarzt seinen Fehler und weigerte sich fortan, es zu verschreiben. Eugénie war verzweifelt. Sie litt unter Entzugserscheinungen, und die Schmerzen schienen unerträglich.

Eines Tages kam Olivier abends von der Vorstellung nach Hause und fand sie schläfrig auf dem Sofa liegend, ganz anders als sonst, wo sie um diese Zeit noch rastlos und getrieben in der Wohnung umhergewandert war.

„Sie hatte sich Heroin besorgt", erzählte Olivier. Aber natürlich hielt die Wirkung nur kurz an.

„Die Griechen, wenn ihnen ein Übermaß an Glück zuteil wurde, hatten Angst vor dem Neid der Götter. Ja, den haben wir zu spüren bekommen. Nun war sie also auf Heroin", fuhr er fort. „Sie verlor ihre Anstellung, weil sie nur noch unregelmäßig zu den Proben erschien. Irgendwann entdeckte ich, dass mir Bargeld fehlte. Sie gestand unter Tränen, dass sie es genommen hatte, um ihre Drogen zu finanzieren. Es zerriss mir das Herz. Manchmal, wenn es ihr sehr schlecht ging, schlich ich an ihrer Stelle in die bewusste Ecke des Stadtparks und besorgte ihr den nächsten Schuss. Wir bekamen finanzielle Schwierigkeiten. An einer Sucht kann eine Liebe zerbrechen. Bei uns passierte das Gegenteil: Sie wurde bedingungsloser. Wir klammerten uns aneinander, Ertrinkende in einem Ozean des Unglücks."

Er machte eine Pause und setzte dann neu an. „In der Zeit glaubten wir, die Talsohle erreicht zu haben. Aber wir irrten uns. Das Schicksal war noch nicht fertig mit uns."

Er unterbrach sich wieder. Ich vermutete, dass er weinte, aber ich scheute mich, ihn anzuschauen. So saßen wir eine ganze Weile, während die Spaziergänger auf dem

Uferweg vorbeigingen und die Kinder auf dem Rasen spielten. Endlich erhob er sich, verabschiedete sich mit einem kurzen Nicken und ging zu seinem Matratzenlager. Ich war tief berührt und gleichzeitig besessen davon, den Rest seiner Geschichte zu erfahren. Damals dachte ich noch nicht daran, sie aufzuschreiben. Was war aus Eugénie geworden? Hatten die beiden einen Ausweg gefunden? Vermutlich nicht, sonst wäre er nicht dorthin gekommen, wo er jetzt war. Ich nutzte den nächsten warmen Tag, um mich wieder zu ihm zu setzen. Mittlerweile wusste ich, dass er chinesisches Essen mochte, deshalb brachte ich ihm ein Menü aus einem Take-away mit. Er fiel hungrig darüber her und begann wieder zu erzählen.

„Ja, es kam schlimmer. Irgendwann lief sie diesem Hasso über den Weg. Wir waren mittlerweile finanziell schon so am Ende, dass sie immer wieder tagelang ohne Stoff auskommen musste. Diese Tage waren ein Albtraum. Manchmal hielten wir uns nur noch weinend aneinander fest. Sie gestand, dass sie an Selbstmord dachte.

Hasso war eine Mischung aus Dealer und Sektenführer. Er hatte eine Gruppe von Drogenabhängigen um sich versammelt. Sein Geschäftsmodell war einfach: Gefolgschaft gegen Drogen. Sie hausten in einem stillgelegten U-Bahn-Tunnel und finanzierten sich durch Drogenhandel in großem Stil. Die Einkünfte lieferten sie restlos bei Hasso ab. Sie praktizierten merkwürdige Rituale, bei denen wiederum Drogen eine wichtige Rolle spielten.

Hasso verlangte unbedingten Gehorsam. Niemand durfte ohne seine Erlaubnis den U-Bahn-Tunnel verlassen. Und schlimmer noch: Er verlangte von seinen Anhängern, dass sie ihm absolut vertrauten. Haben Sie schon mal überlegt, was es bedeutet, wenn jemand von Ihnen bedingungsloses Vertrauen verlangt? Er möchte, dass Sie ihm Ihre Seele ausliefern. Er möchte Gott für Sie sein.

Und dann war Eugénie irgendwann verschwunden. Meine erste Befürchtung war, dass sie an einer Überdosis gestorben war. Ich gab eine Vermisstenmeldung auf und wurde zweimal ins Leichenschauhaus gebeten, wenn unbekannte Frauen tot aufgefunden worden waren. Aber Eugénie war nicht unter ihnen.

Sie hatte mir von der Gruppe um Hasso und dem U-Bahn-Tunnel erzählt, allerdings ohne genaue Ortsangabe. War sie in Hassos Welt abgetaucht?

Ich fand einen alten Plan des U-Bahn-Netzes, so wie es vor 30 Jahren ausgesehen hatte. Ich verglich es mit dem heutigen und fand die stillgelegte Bahnlinie. Natürlich waren die Zugänge zugemauert. Aber ich hatte früher mal eine Führung durch die Unterwelt der Stadt mitgemacht und meinte mich zu erinnern, dass es eine Verbindung von einem tiefer gelegenen Abwasserkanal zu einem U-Bahn-Tunnel gab, die geschaffen worden war, um bei einer Überflutung das Wasser von dort abzuleiten. Ich traute mich, auf eigene Faust in die Kanalisation hinabzusteigen. Die Sorge um Eugénie gab mir Kraft und Mut.

Ich fand den Einstieg wieder und folgte einem Abwasserkanal in die Richtung, in der ich den Seitenkanal vermutete. Den Geruch mag ich nicht beschreiben. Irgendwann entdeckte ich an der gegenüberliegenden Seite des Kanals einen Gang, der schräg aufwärts führte.

17

Dort lagen mehrere Holzpaletten im flachen Wasser, sodass man den Kanal trockenen Fußes überschreiten konnte. Ich fasste mir ein Herz und tat den ersten Schritt über das schwarze Wasser. Ich hatte kaum die erste Palette betreten, als von der gegenüberliegenden Seite wütendes Gebell ertönte. Im Licht der Taschenlampe entdeckte ich eine Dogge, die dort an der Kette lag und den Seitengang bewachte. An ihr war kein Vorbeikommen. In diesem Moment wählte ich unter den wenigen Möglichkeiten, die ich hatte, die verrückteste und tat das einzige, was ich wirklich konnte: Ich sang. Es hallte durch die Kanäle wie in einem Kirchenschiff. Der Hund verstummte und legte die Ohren an. Aber gleichzeitig hatte ich nun meine Anwesenheit verraten. Mehrere Gestalten tauchten in dem Gang auf, und ich wurde von einem Scheinwerfer geblendet. Einen Augenblick später waren sie über mir. Ich wurde zu Boden geworfen und mit Kabelbindern an den Händen gefesselt.

Dann wurde ich unsanft auf die Beine gestellt und in den Gang geschubst. Alles geschah in tiefstem Schweigen. Irgendwann mündete der Gang in den U-Bahn-Tunnel. Er war schwach erleuchtet durch einige an den Wänden angebrachte Fackeln. Hasso hatte offenbar Sinn für Inszenierung.

Die Gestalten in dem Tunnel wichen auseinander, bis wir vor Hasso standen. Ich hatte ihn mir als eine Art Guru vorgestellt, mit langen Haaren, Bart und tiefliegenden Augen. Er war das genaue Gegenteil: Ein feister Skinhead mit der Figur eines Bodybuilders. Seine Augen fielen mir auf. Er fixierte mich unverwandt, wollte mich offensichtlich in einem Blickkontakt festhalten. *Wir haben Besuch!*, sagte er und leuchtete mir ins Gesicht. *Oh, der Herr Opernsänger,* setzte er ironisch hinzu.

Ich hielt seinem Blick stand und sagte: *Geben Sie Eugénie frei! Ich weiß, dass sie hier ist.*

Stimmt, sagte er. *Und sie ist freiwillig hier und wünscht sich nichts anderes, als in meiner Nähe zu bleiben.*

Er tat einen Wink, und aus dem Kreis der Gestalten, die im Halbdunkel um uns herumstanden, trat eine verhüllte weibliche Gestalt heraus. Es hätte Eugénie sein können oder auch nicht.

Ich will großzügig sein. Aber zuerst kniest du nieder und singst uns was vor, sagte er.

Ich empfand das als die äußerste Erniedrigung und hatte Zweifel, dass meine Stimme, von Kummer und Angst gebrochen, mitmachen würde. Aber ich wusste, wofür ich sang, und hoffte, auch Eugénie zu erreichen.

Als ich geendet hatte, war es sehr still. Hasso hatte sich abgewendet.

Dann sagte er: *Du kannst sie mitnehmen. Aber du musst mir vertrauen. Sie wird dir in zehn Schritten Abstand folgen, und du darfst dich nicht umdrehen. Wenn du zweifelst, brichst du mein Vertrauen. Dann ist mein Versprechen hinfällig und sie bleibt hier.*

Wieder trat eine längere Pause ein. Der alte Mann schaute auf den Fluss.

„Der Rest ist rasch erzählt", fuhr er fort. „Die Frauengestalt folgte mir. Wir überschritten das schwarze Wasser und folgten dem Abwasserkanal in Richtung Oberwelt. Irgendwann hörte ich keine Schritte mehr außer meinen eigenen.

Ich drehte mich um. Sie war noch da, aber als ich meine Taschenlampe auf sie richtete, blickte ich in ein fremdes Gesicht. Es war alles Betrug. Vielleicht lebte Eugénie zu der Zeit schon nicht mehr. Meine Stimme hatte das Solo dort unter der Erde übel genommen. Ich konnte noch normal sprechen, aber wenn ich versuchte zu singen, verkrampften sich meine Kehlkopfmuskeln. Ich suchte einen Neurologen auf. Er bot mir an, etwas in die Stimmbänder zu injizieren. Aber auch in mir war die Musik verstummt. Ich war wie die Gitarre ohne Saiten dort, ein hohler Körper."

Er verstummte. Ich konnte mir ausmalen, wie dann der Abstieg begonnen hatte, an dessen Ende ich ihn jetzt vor mir sah, und war froh, dass er den Mantel des Schweigens darüberbreitete.

Einige Wochen nach diesem Gespräch war Olivier verschwunden. Auch seine Gitarre war nicht mehr da. Wohin war er aufgebrochen? Ob er sich gegen alle Vernunft freiwillig wieder in Hassos Reich begeben hatte, um für immer bei Eugénie zu sein?

Wiederum einige Wochen später las ich in der Zeitung, dass die Polizei ein Drogennest in einem stillgelegten U-Bahn-Tunnel ausgehoben hatte. Es hatte mehrere Verhaftungen gegeben. Der Name von Olivier oder von Eugénie tauchte nicht auf. Hasso füllte noch einige Male die Spalten der Lokalzeitung.

Was bleibt? Hasso würde nach Absitzen seiner Haftstrafe in Bedeutungslosigkeit versinken.

Aber Olivier – Olivier hat es verdient, dass man ihn nicht vergisst.

Begehren

Ich wollte alles über Ewa aufschreiben. Jetzt, wo sie nicht mehr da ist. Um nicht das kleinste bisschen Erinnerung an sie zu verlieren. Aber ich sehe, ich muss die ganze Geschichte erzählen, sonst versteht sie niemand.

Es begann damit, dass ich eines Nachts aus dem Bett stürzte. Das war mir noch nie passiert, und das komische war, ich kam nicht wieder auf die Beine. Auch mit meiner linken Hüfte stimmte irgendwas nicht. Irgendwie schaffte ich es, mein Handy vom Nachttisch zu angeln und den Rettungsdienst zu rufen. Der Arzt in der Notaufnahme bewegte mein linkes Bein, und es tat höllisch weh. Als Nächstes holte er einen Neurologen hinzu, der mich nach kurzer Untersuchung darüber informierte, dass ich einen Schlaganfall hätte und linksseitig teilweise gelähmt sei.

„Und warum habe ich davon nichts bemerkt?", fragte ich.

„Bei Schlaganfällen in der rechten Hirnhälfte braucht es manchmal eine Weile, bis der Ausfall ins Bewusstsein dringt. Lässt sich aber trainieren", beruhigte er mich.

Nun ging alles seinen Gang. Der Schenkelhals war gebrochen, ich bekam eine neue Hüfte und wechselte nach einigen Tagen auf die neurologische Station und zwei Wochen später in eine Rehaklinik.

Eine Woche vor meiner geplanten Entlassung aus der Rehaklinik stand eine Dame in Zivil an meinem Bett. Sie stellte sich als Mitarbeiterin des Sozialdienstes vor und wollte mit mir besprechen, wie es weitergeht. Sie schlug zunächst einen vorübergehenden Aufenthalt in einem

Pflegeheim vor, und in der Zeit würde man sich um einen Platz im Altersheim kümmern. Ich war wie vom Donner gerührt. Altersheim! Mein Garten, meine Möbel und vor allem meine Bücher ... alles weg! Andererseits, wie sollte ich zurechtkommen? Kochen, sauber machen, vom Einkaufen ganz zu schweigen? Ich brauchte Zeit und schickte sie weg.

Zwei Tage später tauchten meine Söhne an meinem Bett auf. Sie arbeiteten an verschiedenen Orten und hatten sich offensichtlich verabredet. Auch sie drängten mich, in ein Altersheim zu gehen.

„Du bist schon vorher dreimal gestürzt", sagte der Ältere.

Fünfmal, korrigierte ich im Stillen, aber einmal richtig. Die Söhne wussten, dass sie mich mit ihren Drängen quälten, und sie litten mit mir. Das spürte ich zwar, aber das machte es nicht einfacher. Als meine Eltern im hohen Alter starrsinnig wurden und ihr Augenmaß verloren, hatte ich mir vorgenommen, auf meine Kinder zu hören, wenn es mal bei mir so weit wäre. Jetzt merkte ich, wie schwer das war.

„Bist du einverstanden, wenn wir jemanden organisieren, der dir zu Hause hilft?", fragte der Jüngere. Ich hatte den Kopf zur Wand gedreht.

„Ja", sagte ich.

Als der Krankenwagen mich dann nach Hause brachte, stand die Betreuerin, die meine Söhne organisiert hatten, vor der Tür.

„Ich bin Ewa", sagte sie. „Mit *W*", setzte sie hinzu.

Dies war also die Frau, die in den nächsten drei Monaten mehr oder weniger über mein Leben bestimmen würde. Danach würde eine andere Betreuerin kommen. Ewa war um die vierzig, hatte halblange, rot gefärbte Haare und trug ein Kleid mit einem großen Blumenmuster. Sie redete laut, mit polnischem Akzent, und bewegte sich in der unbekümmerten Weise derer, die mit dem, was sie tun, im Reinen sind. Ich erfuhr wenig über sie. Sie wohnte in Krakau, war verheiratet und hatte zwei heranwachsende Kinder.

Es blieb bei „Ewa" und dem gegenseitigen „Sie".

Sie kümmerte sich nun um alles. Um mich, um das Haus. Bei der Hausarbeit sang sie halblaut polnische Lieder. Morgens und abends kam der Pflegedienst dazu, bis sie erzählte, dass sie in Polen Krankenschwester gewesen war. Da bestellten wir den Pflegedienst ab.

Einen Menschen wie Ewa hatte ich bis jetzt nicht gekannt. Sie war unerschütterlich in ihrer guten Laune und gänzlich unempfänglich für den Trübsinn, den ein 90-jähriger pflegebedürftiger Mann wohl zwangsläufig um sich herum verbreitet. Ob sie überhaupt spürte, wie es mir ging? Ich glaube nicht. Das war ihr Glück. Und meins.

Ich liebte es, wie sie morgens mit Schwung die Vorhänge aufzog. Sie begrüßte den Tag, als ob sie ihn freudig erwartet hätte. Einmal blieb sie danach am Fenster stehen und sah hinaus.

„Haben Sie Heimweh, Ewa?", fragte ich. Sie drehte sich halb zu mir um und antwortete nicht. Ich biss mir auf die Zunge, ich war zu weit gegangen.

Ewa stand staunend vor meinem Musikregal. Es gab nur Klassik bei mir, und ich hatte seit Helgas Tod fast keine Musik mehr gehört.

„So viele Platten!", sagte sie. In der Küche hörte sie den Volksmusikkanal. Es nervte mich etwas, obwohl sie das Radio nur halblaut gestellt hatte.

Zwei Tage später fragte sie: „Darf ich Musik auflegen?"
Das fand ich übergriffig. Aber ... besser als die Schnulzen aus der Küche. „Ja", sagte ich. Sie stand lange vor den CDs. Ich war gespannt, was sie aussuchen würde. Ob sie mit klassischer Musik vertraut war? Sie legte eine CD mit Walzern von Chopin auf. Nun hörte sie fast täglich klassische Musik. Und ich hörte mit. Es stellte sich heraus, dass ihr Geschmack vielseitig war, aber die Musik jenseits der Spätromantik interessierte sie nicht mehr.

Ich fragte mich, warum ich so lange in selbstgewählter Stille gelebt hatte.

Eines Tages ertappte ich mich dabei, wie ich mir vorstellte, in ihren Armen zu liegen. Und es blieb nicht bei dem einen Mal. Ich hatte immer geglaubt, das Begehren würde irgendwann aufhören. Jetzt machte es sich schmerzhaft wieder bemerkbar, zu einer Zeit, da Gelegenheit und körperliche Voraussetzungen für eine Erfüllung so gänzlich fehlten. In fortschrittlichen Ländern standen Sexarbeiterinnen für solche Bedürfnisse bei alten Menschen zur Verfügung. Aber das hätte mir nichts genutzt. Ich begehrte Ewa, sonst niemanden.

Ich schämte mich. Ich war 50 Jahre älter als sie. Altersgeilheit! Ich hatte einmal erlebt, wie wütend und verletzt eine Krankenschwester gewesen war, nachdem ein pflegebedürftiger alter Mann sie an der Brust angefasst hatte.

Als Erstes achtete ich nun peinlich darauf, jede auch noch so unabsichtliche Berührung zu vermeiden. Ich war zwar teilweise gelähmt, aber so viel Verstand hatte ich noch beisammen. Ich tat das nicht nur um Ewas Willen. Ich ahnte, nein, ich wusste, dass ihre Unbefangenheit, das, was ich so sehr an ihr schätzte, in dem Moment dahin wäre, wo sie mein Begehren spürte. Die Befangenheit würde sich wie ein Schleier auf alles legen.

Aber da war nun ein Begehren, das stärker war als in den letzten Jahren mit Helga. Mit den vielen Jahren unseres Zusammenlebens hatte das körperliche Verlangen zwischen uns nachgelassen, und um so mehr waren innere Nähe, Vertrauen, Freundschaft in den Vordergrund getreten. Wir waren uns nicht sicher, ob man das noch als Liebe bezeichnen durfte, aber es genügte uns. Wir waren dankbar füreinander gewesen.

In der Zeit, als es mit Helga zu Ende ging, hatte sie einmal das Gespräch darauf gebracht, wie es mit mir weitergehen würde. Sie wusste, dass ich mit Einsamkeit nicht gut zurechtkomme, und machte sich Sorgen, wie es mir ohne einen Menschen an meiner Seite gehen würde. Aber eine Situation wie jetzt hatten wir nicht vorausgesehen. Ich war zerrissen zwischen meinem Verlangen nach Ewa und meiner Scham. In meiner Not führte ich ein nächtliches Zwiegespräch mit Helga. Die Verstorbenen können uns als Gespenster heimsuchen, oder, so wie Helga, als gute Geister begleiten.

„Was soll ich tun?", fragte ich sie.

„Du bist frei. Alles, was du tust, ist richtig, solange du es niemandem antust", antwortete sie.

„Und was tue ich dir damit an?", fragte ich.

Dann kam das Fieber. Ich hatte morgens schon 38,5 °C und fühlte mich sehr schwach. Ewa wusch mich im Bett. Auf der Intensivstation hatte es mir nicht sonderlich viel ausgemacht, nackt vor einer Frau auf dem Bett zu liegen.

Jetzt war es plötzlich anders. Das Begehren hatte mich schamhaft gemacht. Ich schlug vor, dass ich versuchen sollte, mich unter der Dusche selbst zu waschen. Ewa versprach, einen Plastikhocker anzuschaffen, sodass ich mich unter die Dusche setzen konnte.

In der folgenden Nacht tauchte Ewa an meinem Bett auf. Sie musste sich einen Wecker gestellt haben, denn normalerweise, so hatte sie erzählt, schlief sie tief und fest. Sie half mir, den durchgeschwitzten Schlafanzug zu wechseln, und wischte mir mit einem Waschlappen den Schweiß aus dem Gesicht. Und dann streifte sie mit der Hand noch einmal über meine Stirn, als wolle sie mir eine Haarsträhne aus dem Gesicht wischen. Es war eine zärtliche Geste, aber ich mochte nicht daran glauben, dass sie jenseits professioneller Fürsorge anzusiedeln war.

Am nächsten Morgen kam der Hausarzt. Er tauchte ein Teststäbchen in meinen Urin und diagnostizierte einen Harnwegsinfekt. Mit einem Antibiotikum nahm das Fieber rasch ab, aber ich brauchte noch mehr als eine Woche, um wieder zu Kräften zu kommen.

Und dann gab es ein weiteres Ereignis. Ewa hatte mich nach dem Abendessen in meinem Rollstuhl auf die Terrasse geschoben, und ich hatte eine ganze Weile gesessen und zugesehen, wie der Nebel langsam aus dem nahen Flusstal stieg. Ewa setzte sich zu mir, legte kurz den Arm um meine Schulter und fragte: „Traurig?"

Ich konnte nicht verhindern, dass mir in diesem Moment die Tränen kamen. Ich war überhaupt nicht traurig, nein, aber die kurze Berührung hatte etwas in mir gelöst. Sie war wie der Trost für einen Schmerz gewesen, von dem ich bis jetzt nichts gewusst hatte. Abends im Bett durchlebte ich die Szene erneut und fühlte mich seltsam befreit. Befreit wovon?

Gegen Ende der drei Monate, als Ewas Abreisetermin schon feststand, erfüllte sich mein Verlangen nach ihr in einem Traum.

„Ich habe mit Ewa geschlafen, im Traum", gestand ich Helga.

„Und, war es schön?", fragte sie, und es klang, als ob sie dabei lächelte.

„Ja …", seufzte ich, „aber …"

„Kein Aber!", sagte sie. Und dabei blieb es.

Oskar und das Wunder

Die Anfänge der Geschichte, die hier erzählt werden soll, reichen in die dunklen Tage des Zweiten Weltkriegs zurück, als Zehntausende aus dem besetzten Osten in das Kernland des 1000-jährigen Reiches verschleppt wurden, um dort Zwangsarbeit zu leisten. Dieses Schicksal widerfuhr auch einer jungen Frau aus Polen, Darja. Als bei Kriegsende die Amerikaner einrückten, beschloss Darja zu bleiben. Ihre Eltern waren in den Wirren des Krieges umgekommen, das Elternhaus zerstört. Sie fand Arbeit – diesmal freiwillig – auf einem abgelegenen Bauernhof in der Eifel. Die Bauersleute, Martha und Heinz, nahmen sie freundlich auf.

Einige Jahre nach Kriegsende wurde Darja schwanger und bekam einen Sohn. Auf dem Bauernhof war man gewohnt, die Dinge zu nehmen, wie sie kamen, sei es Sturm und Hagel oder Sonnenschein. Und so nahm man auch diesen neuen Mitbewohner an. Es sollte sich herausstellen, dass er eindeutig dem Sonnenschein zuzuordnen war. Seine Mutter wollte ihm das Leben in ihrer neuen Heimat so leicht wie möglich machen und gab ihm deswegen einen Namen, der in ihren Ohren sehr deutsch klang: Oskar.

Es wurde wenig geredet auf dem Hof, und Darja mochte nicht sagen, wer der Vater ist. Die Zahl der möglichen Väter war überschaubar. Neben einer möglichen Zufallsbekanntschaft auf einem Kirmesbesuch gab es eigentlich nur Heinz und Ferdinand, den Knecht, wenn man von dem Gemeindepfarrer, Pater Josef, absah. Der hatte Darja Deutschunterricht gegeben, war aber natürlich dem

Gelübde der Keuschheit verpflichtet. Der Junge selbst, als er heranwuchs, verriet in seinem Äußeren nichts über seinen Erzeuger. Mit seinem dichten schwarzen Haarschopf und den weit auseinanderliegenden, etwas schräg gestellten Augen hätte er auch irgendwo aus der sibirischen Steppe stammen können.

Sein Schöpfer hatte Oskar bei der Zuteilung der Geistesgaben mit einem bemerkenswerten Gedächtnis bedacht, es dabei aber bewenden lassen. Als er ins Schulalter kam, führte der Dorflehrer ein kurzes Gespräch mit ihm und winkte dann ab. In diesen Jahren nahm man es in der abgelegenen Gegend mit der Schulpflicht noch nicht allzu genau. So übernahm es Pater Josef, dem Jungen das Allernötigste beizubringen. Aber trotz aller Mühe lernte Oskar nie Lesen oder Schreiben, von Rechnen ganz zu schweigen. Die merkwürdigen kleinen Zeichen, die dort auf dem Papier aufgereiht waren, weigerten sich standhaft, zu ihm zu sprechen. Dagegen lernte er mühelos die lateinische Liturgie und verfügte auch nach einiger Zeit über ein beachtliches Repertoire an Psalmen, die er mit andächtig nach oben gewendetem Blick aufsagen konnte. Pater Josef ließ es dabei bewenden. Er fand, dass sein Auftrag im Wesentlichen erfüllt war: Er hatte Oskar zu einem guten Christenmenschen gemacht. Seiner Mutter machte das dagegen Sorgen. Was sollte aus ihm mal werden? Reichte sein Verstand aus, um überhaupt ein Leben zu fristen?

Oskar beantwortete die Frage selber. Er kümmerte sich hingebungsvoll um die Tiere. Es gab ein Dutzend Kühe, ein halbes Dutzend Schweine, die frei auf der Wiese herumliefen, und natürlich einen Stall voll Hühner.

Er gab allen von ihnen Namen, sogar den Hühnern. Pater Josef registrierte, dass es gute biblische Namen waren wie Aaron, Magdalena oder Petrus. Das lag natürlich daran, dass er selbst in seinen Unterweisungen Oskar gründlich mit biblischer Geschichte gefüttert hatte. Das prächtigste Schwein hieß Josef. Der Pater war klug genug zu begreifen, dass dies nicht gedacht war, ihn herabzusetzen, sondern dass es ein Ehrenname für das Tier sein sollte.

Und – Oskar sprach mit den Tieren. Er raunte seiner Lieblingskuh nach dem Melken den Abendsegen ins Ohr, und wenn er den Schweinen ihren Futtertrog füllte, gab es oft einen Psalm dazu. Bald hatte man das Gefühl, dass die Kühe mehr Milch gaben und die Sauen bereitwilliger ferkelten, wenn er um die Wege war. An den Schlachttagen verkroch sich Oskar in sein Zimmer und kam erst wieder hervor, wenn die Schinken säuberlich in der Räucherkammer hingen und die Würste fertig gestopft waren.

Es waren glückliche Jahre für Oskar. Die Bauersleute behandelten ihn wie einen Sohn, was er ja möglicherweise auch war, und er selbst konnte sich kein anderes Leben vorstellen. Das war gut so, denn die Welt ringsum sollte sich in den folgenden Jahrzehnten so ändern, dass er es anderswo schwer gehabt hätte.

Mitte der Sechzigerjahre starb seine Mutter. Oskar betrauerte sie, aber Pater Josef konnte ihn überzeugen, dass es aus Sicht der himmlischen Gerechtigkeit keinen Grund gebe, sie länger als unbedingt nötig im Fegefeuer verweilen zu lassen. Dabei ließ er ihren moralischen Fehltritt, der die Grundlage für Oskars Existenz gelegt hatte, großzügig außer Acht. Sie sei nun, versicherte er, definitiv im Himmel.

Die Bauersleute hatten mittlerweile ein eigenes Kind bekommen, Theresia. Sie bezog die Kammer, in der Darja zuvor gewohnt hatte. Mit ihr zog ein Plattenspieler ein.

Oskar war für sie wie ein großer Bruder. Allerdings störte sie der Stallgeruch, der ihm stets anhaftete. Überhaupt wurde ihr im Laufe der Jahre die Welt auf dem Bauernhof zu eng. Ihre Eltern, die nichts als ihr Glück wollten, gaben ihrem Drängen nach und ließen sie in die Kreisstadt ziehen, wo sie eine kaufmännische Lehre begann.

Oskars Welt zerbrach Mitte der Neunzigerjahre, als Martha und Heinz kurz nacheinander starben. Für Theresia war klar, dass sie den Hof verkaufen würde. Sie wurde mit einem Fleischkonzern handelseinig, der dort in großem Umfang Schweinefleisch produzieren wollte. Im Kaufvertrag handelte sie eine Klausel aus, die Oskar eine Beschäftigung in dem Betrieb garantierte.

Das alte Bauernhaus wurde abgerissen, und es entstand ein Verwaltungsgebäude, in dessen Obergeschoss Oskar ein Zimmer bezog.

Einige Monate später tauchte Pater Josef, mittlerweile im Ruhestand, auf dem Hof auf. Er fand Oskar an einem der Gitterverschläge lehnend, in denen die Schweine gehalten wurden. Viele waren so eng, dass die Tiere sich nicht hinlegen konnten. Es gab keine Wiese mehr, auf der sie ihn begrüßen konnten, und es waren so viele, dass er sie längst nicht mehr mit Namen kannte.

Sie wechselten nicht viele Worte, aber Pater Josef begriff, wie es um seinen Zögling stand. Er reiste am nächsten Tag in die Kreisstadt und sprach bei Theresia vor.

„Man muss Oskar rausholen, er geht da zugrunde", sagte er.

Theresia kannte Oskar gut genug, um sofort zu verstehen. Sie war mittlerweile verheiratet und lebte in einem kleinen Haus am Stadtrand, in dessen Dachgeschoss noch Platz war. Oskar ließ sich bewegen, zu ihr zu ziehen. Er erkundete staunend die Stadt und ging regelmäßig zur Kirche. Nun hatte er zwar nicht mehr das Elend der Tiere vor Augen, aber er hatte auch keine Aufgabe mehr. Er war Anfang siebzig und fühlte sich keineswegs am Ende seiner Kräfte.

„Er braucht eine Beschäftigung", sagte Theresia zu ihrem Mann, und der hatte eine Idee. Sie kauften eine Warnweste für Oskar, eine Packung Mülltüten und versahen einen Besenstil mit einem Nagel an der Spitze. Von nun an wanderte Oskar Tag für Tag die Straßenränder in und um die Stadt entlang und sammelte die zahllosen Dinge auf, die seine Zeitgenossen achtlos aus den Autos geworfen hatten. Er vermisste zwar seine Tiere, aber er freundete sich rasch mit seiner neuen Aufgabe an.

Es wurde Theresia hintertragen, dass Oskar bei seinen Gängen vor sich hin sprach. Wieder machte sie sich Sorgen. Wurde er jetzt merkwürdig? Dann fiel ihr ein, dass er ja auch auf dem Bauernhof mit den Tieren geredet hatte. Ihm fehlte ein Gesprächspartner. Sie ging mit ihm ins Tierheim, und zusammen wählten sie einen Hund aus, der ihn beim Müllsammeln begleiten konnte. Oskar gab ihm den Namen Paulus. Die Herkunft des Hundes war ähnlich ungewiss wie die seines neuen Herren, aber er nahm sich seiner neuen Aufgabe mit der bei Hunden üblichen Begeisterung an.

Dann kam die Überschwemmung. Theresias Haus wurde zwar nicht unbewohnbar, aber Wohnzimmereinrichtung, Waschmaschine, Tiefkühltruhe und vieles andere wurde unbrauchbar. Ihr Mann hatte im Jahr zuvor seinen Arbeitsplatz verloren. Der Bau des Hauses hatte ihr gesamtes Erbe verschlungen, und sie hatten keine finanziellen Rücklagen. Die Verzweiflung war groß. Oskar spürte die Not und bat inständig verschiedene Heilige um Hilfe, unter anderem den heiligen Nepomuk, der auf der Brücke stand und von daher vermutlich auch für Hochwasser zuständig war.

Wer auch immer es war, er erhörte seine Gebete.

Zu später Stunde verunglückte ein junger Mann auf der Umgehungsstraße, weil er mit überhöhter Geschwindigkeit in die Kurve gegangen war. Der Wagen überschlug sich mehrmals. Der Unfall war nicht zufällig geschehen, denn der Fahrer hatte unter dem Einfluss von Drogen seine Fahrkünste überschätzt. Er hatte seit einiger Zeit den Drogenhandel als lukrativen Nebenverdienst entdeckt. Als er nach kurzer Bewusstlosigkeit zu sich kam, hatte er höllische Schmerzen im rechten Bein. Aber nicht nur die Schmerzen setzten ihm zu. Er musste davon ausgehen, dass in Kürze Rettungsdienst und Polizei auftauchen würden. Sie würden merken, dass er unter Drogen stand und das Bargeld und den ganzen Stoff bei ihm finden. Unter Schmerzen quälte er sich aus dem verbeulten Wagen, holte die Drogen und das Geld aus seinem Rucksack und versteckte beides unter Laub im Gebüsch. Dann rief er den Rettungsdienst.

Einige Tage später stöberte Paulus an der Umgehungsstraße ein ziemlich dickes Bündel Geldscheine und ein

Tütchen mit weißem Pulver auf. Oskar hatte zwar mittlerweile aufgehört, sich zu wundern, was die Menschen so alles wegwarfen, aber dies war nun doch ungewöhnlich. Das Tütchen mit dem Pulver kam in seinen Müllsack, mit dem es später in der Müllverbrennungsanlage restlos entsorgt wurde. Das Bündel Banknoten steckte er ein und legte es am Abend auf den Küchentisch. Theresia bekam einen heiligen Schrecken und beruhigte sich auch nicht, als er ihr berichtete, wie er an das Geld gekommen war. Oskar verstand nicht, warum Theresia sich nicht mit ihm freute. Für ihn war das erflehte Wunder geschehen.

Sie widerstand dem Impuls, das Geld sofort bei der Polizei abzuliefern. Am nächsten Tag las sie in der Zeitung von dem Unfall auf der Umgehungsstraße. Als Oskar ihr dann auch noch von dem weißen Pulver erzählte, reimte sie sich die Geschehnisse zusammen. Das machte die Sache allerdings nicht einfacher. Oskar selbst erhob zwar keinerlei Anspruch auf das Geld. Er hatte nie welches gehabt und nie welches gebraucht. Aber was tun damit?

In ihrer Gewissensnot zog sie Pater Josef zurate, der, mittlerweile fast hundertjährig, seinen Lebensabend im Stammhaus seines Ordens verbrachte. Er hörte gespannt zu und gab Theresia den schlichten Rat, ihr Problem einem jüngeren Mitbruder in der Beichte vorzutragen. Als sie aus der Tür war, griff er zum Telefon und instruierte eben jenen, dass er nicht etwa auf die Idee kommen solle, den Schatz für das Kirchenvermögen zu reklamieren.

Der Mitbruder ließ denn auch nichts von einem Abgeben des Geldes verlauten und sprach Theresia von jeder Schuld frei. Er gab ihr allerdings den listigen Rat, vorsichtshalber noch einige Rosenkränze zu beten, nur für den Fall, dass die göttliche Rechtsauffassung von der seinen abwich. Theresia kam strahlend nach Hause. Oskar begriff, dass die Zeit der Trübsal vorbei war, und, mehr noch, dass das Wunder durch Paulus als Werkzeug der göttlichen Vorsehung geschehen war. Er streichelte den Hund, hob an zu rezitieren: „Lobe den Herrn, meine Seele ... " und ließ den Rest des 103. Psalms folgen. Paulus unterbrach die Arbeit an seinem Kauknochen und hörte aufmerksam zu. Er war mit dem Psalm vertraut.

Hunde verstehen sowieso fast alles.

Ein zweites Leben

Kann man sein Leben, wenn man die Lebensmitte schon weit hinter sich gelassen hat, noch einmal neu anfangen? Nicht nur, wie man so sagt, eine neue Seite im Buch des Lebens aufschlagen, sondern das Buch selbst gegen ein neues, unbeschriebenes tauschen?

Seit gemeinsamen Studentenzeiten verband mich mit Eduard eine lebenslange Freundschaft. Vor einigen Jahren hatten wir uns in seinem Studierzimmer gegenüber gesessen, beim Licht der Schreibtischlampe mit dem grünen Schirm. Schon damals waren wir beide nach den üblichen Maßstäben alte Männer gewesen, und wir waren uns einig gewesen: Das ist eine Illusion. Man kann sein Leben nicht wechseln wie einen Anzug.

Und doch sollte genau das geschehen. Die Geschichte von Eduard, wie ich sie mir aus seinen Berichten, aus Telefongesprächen und anderen Quellen allmählich zusammensetzte, zeigt, dass er genau das versucht hatte.

Es begann damit, dass er in der Fußgängerzone auf eine Gruppe von Straßenmusikanten traf: Vier junge Männer und eine Frau. Nach ihrem Äußeren und nach der Musik, die sie spielten, lebten sie in der Welt der Siebzigerjahre des vergangenen Jahrhunderts. „Freedom Brothers" nannten sie sich: Jim, Nick, Elias und Roger; die Frau hieß Amanda. Eduard hatte sein Leben lang klassische Musik bevorzugt, und auch jetzt hörte er dieser Straßenmusik nur mit Interesse, aber keinesfalls mit Begeisterung zu.

Dennoch muss in diesen Momenten ein Funke übergesprungen sein. Sein Blick kehrte immer wieder zu der jungen Frau zurück, die abwechselnd mit einer Rassel und einer Violine den Gesang der anderen begleitete. Sie war schlank und hatte lange dunkelblonde Haare. Darüber hinaus war sie eine unauffällige Erscheinung. Während Eduard der Musik zuhörte, ertappte er sich bei dem Gedanken, wie es wäre, an ihrer Seite ein neues Leben zu beginnen. Alles noch einmal erleben wie am ersten Tag. Als er mir das später erzählte, schämte er sich. Nein, er habe sich nicht verliebt, und Alterslüsternheit wies er entrüstet von sich. Dennoch hatte die junge Frau in ihm den Keim des Wunsches nach einem Neuanfang gelegt.

„Du könntest dich doch jetzt endlich zur Ruhe setzen. Die Firma hast du verkauft, deine Tochter ist versorgt, du hast eine gute Altersversorgung", sagte ich zu ihm.

„Altersruhegeld bekommt man nur, wenn man es beantragt", deutete er an.

„Du bist wahnsinnig!", sagte ich.

„Du verstehst das nicht."

Ich verstand es in der Tat nicht.

Einige Wochen später rief er an, und wir telefonierten lange miteinander. Er hatte es tatsächlich geschafft, in die Gruppe aufgenommen zu werden. In Studentenzeiten hatte er passabel Gitarre gespielt, und darüber hinaus zeigte es sich, dass er eine gewisse Begabung hatte, Liedtexte zu schreiben, die vom Leben unterwegs, von verlorener Liebe, von Freiheit und Einsamkeit erzählten. Er war beglückt, auf seine alten Tage eine neue Fähigkeit entdeckt zu haben. Von Amanda erzählte er wenig, und ich vermied es nachzufragen. Ich hatte aber nicht den Eindruck, dass sie ein Paar geworden waren. Sein Haus hatte er seiner Tochter überschrieben und lebte nun mit der Gruppe im dritten Stock eines Altbaus in einer Wohngemeinschaft. Wiederum einige Zeit später schrieb er mir kurz, dass er mit der Gruppe nun nach Südfrankreich aufbrechen werde, um an einem Straßenmusikfestival teilzunehmen. Danach hörte ich lange nichts mehr von ihm.

Dann rief mich seine geschiedene Frau an, Iris. Die beiden hatten sich nach zehn Jahren Ehe im Einvernehmen getrennt, hatten aber offenbar ein stillschweigendes Abkommen, dass sie aufeinander aufpassen würden.

„Eduard hat einen Schwächeanfall gehabt", berichtete sie.

„Einen Schwächeanfall?", fragte ich ungläubig.

Eduard hatte sein Leben lang Sport getrieben. Er war für sein Alter in denkbar guter körperlicher Verfassung.

„Mich hat eine Frau angerufen, Amanda, dem Akzent nach eine Amerikanerin. Sie gehört zu den Musikern, mit denen er reist. Er konnte sich plötzlich nicht mehr auf den Beinen halten. Sie haben ihn jetzt in einer Pension untergebracht, und die Gruppe ist weitergezogen. Er wollte nicht, dass sie anruft, aber sie hatte auf seinem Notfallausweis meine Nummer entdeckt."

„Da ist etwas faul. Eduard bekommt keine Schwächeanfälle. Es sei denn, er ist ernsthaft krank."

Wir verabredeten, am nächsten Tag nach Montpellier zu fahren. Wie üblich ging der Zug über Paris, wir mussten von Paris Est mit der U-Bahn in die Gare de Lyon wechseln. Während der Bahnfahrt saßen wir uns großenteils stumm gegenüber. Wir machten uns beide Sorgen und wussten, dass alle Mutmaßungen im Moment nutzlos waren. Am frühen Abend kamen wir in Montpellier an und nahmen uns ein Taxi. Auf der Stadt lastete noch die Sommerhitze. Die Pension lag in der Rue du Grézak, abseits vom Stadtzentrum.

Eine schmale, dunkelhaarige Frau öffnete uns die Tür und führte uns zu einem der Gästezimmer. Eduard lag in einem halbverdunkelten Raum. Auf seinem Nachttisch lag ein aufgeschlagener Roman. Wir hatten unseren Besuch nicht angekündigt. Er blickte ungläubig auf, als wir eintraten. Dann erzählte er.

Die *Freedom Brothers* hatten weiterziehen wollen nach Aix-en-Provence. Am Morgen der Abreise hatte er heftige Rückenschmerzen bekommen, sodass er beschlossen hatte, zunächst in der Pension zurückzubleiben.

„Beim Abschied hat Amanda mich umarmt. Stell dir vor! Zum ersten Mal!"

Eduard gehörte einer Generation an, in der man sich noch nicht bei jeder Gelegenheit umarmte.

„Und in dem Moment wurden meine Beine schwach. Kennst du das, wenn einem in einem Moment der Ergriffenheit die Knie weich werden?"

Ich kannte das. Ich hatte es einmal erlebt, als ich in einer halbdunklen Kirche Zuflucht vor meinen Gedanken gesucht hatte und plötzlich und unerwartet die Orgel mit einem machtvollen Akkord in strahlendem Dur eingesetzt hatte. Offenbar hatte der Organist die Abendstunde zum Üben genutzt.

„Ja, aber bei mir war es nur einen Augenblick lang", sagte ich.

39

Wir stellten ihn auf die Beine. Seine Knie knickten weg. Wir überredeten ihn, sich untersuchen zu lassen und fuhren mit ihm in die Universitätsklinik. Eduard verzog das Gesicht, als er den Rollstuhl sah, den Iris in der Notaufnahme ausgeliehen hatte, aber er kletterte gehorsam aus dem Auto.

Wegen der Corona-Beschränkungen durften wir ihn nur an der Pforte der Notaufnahme abliefern und mussten dann wieder kehrtmachen. Wir mieteten uns in der Pension ein. Am nächsten Tag rief er an.

„Ich habe einen Rückenmarksinfarkt", sagte er. „Wusste gar nicht, dass es so was gibt. Sie wollen heute weitere Untersuchungen machen, um festzustellen, was die Ursache ist."

Die Ursache, so stellte sich heraus, war eine Dissektion der Aorta, eine Aufspaltung der Wandschichten durch einen Riss in der Gefäßinnenwand. Dadurch war offenbar ein kleines Gefäß, das das Rückenmark mit Blut versorgte, verschlossen worden. Die Dissektion war auch die Ursache seiner plötzlichen Rückenschmerzen gewesen. Da man befürchtete, die Aorta könne reißen, empfahl man Eduard eine Operation.

„Soll ich das machen?", fragte er am Telefon.

„Ich bin kein Gefäßchirurg. Aber du bist schließlich in einer Universitätsklinik. Ich würde denen vertrauen."

Die Operation verlief erfolgreich. Drei Wochen später holten wir ihn ab und fuhren ihn nach Deutschland in eine Rehaklinik. Er verbrachte viele Wochen dort. Die Lähmung der Beine besserte sich langsam, sodass er bei seiner Entlassung wieder selbstständig gehen konnte, wenn auch unsicher.

Seine Tochter hatte das Haus renovieren lassen und danach vermieten wollen, aber bis jetzt nur für das Obergeschoss einen Mieter gefunden. Es war für sie selbstverständlich, dass er im Erdgeschoss wieder einzog. Die Treppe hätte ihm ohnehin Probleme bereitet. Iris, die Tochter und ich halfen, die eingelagerten Möbel wieder ins Haus zu schaffen und die Umzugskisten auszupacken. Irgendwann trafen wir uns wieder in seinem Studierzimmer.

„Hast du nun ein neues Leben gefunden?", fragte ich. Ich fragte es ohne Häme, denn es interessierte mich wirklich, und er verstand es auch richtig.

„Ja, und wieder verloren", antwortete er, und nach einer langen Pause setzte er hinzu: „Aber es war es wert."

„Und Amanda und die *Freedom Brothers* – hast du mal wieder was von ihnen gehört?"

„Nein", sagte er. „Ich habe auch immer mal wieder in der Fußgängerzone an der Stelle gewartet, wo sie gewöhnlich spielten. Aber sie waren nicht da. Auch in der Wohnung wohnen jetzt andere Leute."

Ich wollte ihn trösten.

„Übrigens ... du kannst von Glück sagen, dass die Dissektion sich durch deine weichen Knie bemerkbar gemacht hat. Sonst wäre es womöglich zu spät gewesen."

„Wie meinst du das?"

„Wäre die Aorta gerissen, dann wärst du innerhalb von Minuten verblutet." Sein Gesicht hellte sich auf.

„Also hat Amanda mir ein zweites Leben geschenkt, indem sie mich umarmte?" Er wollte es so sehen. Ich widersprach ihm nicht.

Funkstille

Die Frau war spürbar erregt. Sie bewegte den Kopf hin und her, soweit es der Beatmungsschlauch erlaubte, und blickte mich mit weit geöffneten Augen an.

Moritz, der Oberarzt der Intensivstation, trat hinzu.

„Vielleicht bekommst du heraus, was mit ihr los ist. Schmerzen verneint sie, die Blutwerte sind okay. Aber sie hat irgendein Problem. Wir möchten sie nicht zusätzlich sedieren, sonst bekommen wir sie nie von der Maschine weg."

Moritz war bekannt dafür, dass er sich nicht nur um die Vitalfunktionen seiner Patienten kümmerte, sondern auch mitbekam, wie es ihnen sonst ging. Am Morgen hatte er mich angerufen. Es klang nicht nach einem Problem auf meinem Fachgebiet, aber ich war neugierig geworden. Ich untersuchte die Frau. Sie war geschwächt, wie nach zwei Wochen Intensivbehandlung mit Beatmung nicht anders zu erwarten. Aber sonst fand ich nichts. Sie schien bei klarem Bewusstsein zu sein.

„Haben Sie Schmerzen?", fragte ich.

Kopfschütteln.

„Haben Sie Angst?"

Kopfschütteln.

Ich hielt ihr meinen Notizblock hin und drückte ihr einen Kuli in die Hand.

„Wollen Sie mir aufschreiben, was Sie plagt?"

Sie ergriff Block und Stift. Das Schreiben fiel ihr schwer, die Schrift war ungelenk und zittrig. Auf dem Block stand: *Tochter.*

„Soll ich Kontakt zu Ihrer Tochter aufnehmen? Sie über Ihren Zustand informieren?" Sie nickte.

Ich fand die Kontaktdaten in der Krankenakte, verzog mich ins Arztzimmer und wählte die Telefonnummer. Die Tochter, so stellte sich heraus, wusste nicht, dass ihre Mutter im Krankenhaus war. Als ich ihr die Lage schilderte, trat eine längere Pause ein.

„Kann ich sie besuchen?", fragte sie.

„Leider nein. Wir haben absolutes Besuchsverbot, wegen der Pandemie."

„Können Sie ihr das Telefon ans Ohr halten?"

Ich ging zu der Patientin zurück und hielt ihr das Telefon ans Ohr. „Ihre Tochter möchte mit Ihnen sprechen."

Die Patientin lauschte angespannt. Nach ein oder zwei Minuten wurde sie unruhig. Moritz trat ans Bett und zeigte besorgt auf den Monitor. Puls und Blutdruck waren deutlich angestiegen. Ich nahm das Telefon wieder an mich und sagte: „Wir müssen hier erst mal unterbrechen. Ihre Mutter regt sich sehr auf. "

„Hat sie eine Chance zu überleben?", fragte sie.

Ich ging außer Hörweite der Patientin und sagte: „Sie ist 82 und seit zehn Tagen an der Beatmung. Das sieht nicht gut aus."

„Verstehe ... kann ich morgen wieder anrufen?"

„Natürlich."

Nachdem ich das Telefonat beendet hatte, ging ich zu der Patientin und tröstete sie.

„Ihre Tochter ruft morgen wieder an." Sie deutete nochmals auf den Block. Ich reichte ihn ihr, und sie schrieb nur ein einziges Wort: *München*.

Als ich am nächsten Morgen auf die Station kam, hatte man sie ins künstliche Koma versetzt. „Ging nicht anders", sagte Moritz entschuldigend. „Sie hat gegen die Beatmung angekämpft. Da mussten wir sie sedieren."

Ich informierte die Tochter. Vier Tage später starb die Patientin, ohne noch einmal zu Bewusstsein gekommen zu sein.

Da ich den Kontakt zu der Tochter gehabt hatte, nahm ich Moritz die Aufgabe ab, sie zu anzurufen. Sie schwieg lange.

„Hat sie vor ihrem Tod noch etwas gesagt oder geschrieben?", fragte sie.

„Ja, aber nur ein Wort: *München*. Sagt Ihnen das etwas?"

Wieder eine lange Pause. Dann sagte sie: „Ja. Ich weiß nicht, warum ich Ihnen das erzähle. In München haben wir uns vor drei Jahren zum letzten Mal gesehen. Seitdem war Funkstille."

Ich sagte nichts.

Nach einer Pause fuhr sie fort: „Ich hatte eine Affäre damals, und daran ist die langjährige Beziehung zu meinem Lebensgefährten gescheitert. Das hat sie mir nicht verziehen. Sie hatte ihn geliebt."

„Was könnte Ihre Mutter damit gemeint haben, dass sie Sie an München erinnert?"

Sie klang gefasst. „Entweder wollte sie mich daran erinnern, was ich damals angerichtet habe, oder sie wollte die Uhr auf vor München zurückdrehen. Sich mit mir versöhnen. Was glauben Sie?"

„Ich bin mir sicher, dass sie sich mit Ihnen versöhnen wollte", sagte ich. Sie schluchzte kurz auf, bedankte sich und legte auf.

Moritz saß mir gegenüber und hatte meinen letzten Satz mitgehört. Er schaute auf und zog die Augenbrauen hoch.

„Das war gelogen", sagte er.

„Was hättest du ihr gesagt?", fragte ich zurück.

„Dasselbe", sagte er.

Vertreibung

Die Tür zum Flur war einen Spaltbreit geöffnet. Ein Streifen Licht fiel bis zu dem Bett des Jungen, der im Halbschlaf den abendlichen Geräuschen in der Wohnung zuhörte: Dem Hantieren seiner Mutter in der Küche, dem Klavierspiel der großen Schwester im Nebenzimmer und den gedämpften Geräuschen der Straße draußen. Er genoss diesen Moment vor dem Einschlafen, in dem das Bett schon angewärmt war, und er sich ganz und gar geborgen fühlte. Er konnte jederzeit den Kopf unter die Bettdecke stecken und wäre dann ganz für sich allein. Er lebte in einer Gewissheit, ohne dass diese in seine Gedanken durchdrang, der Gewissheit nämlich, dass er seine Welt morgen wieder unverändert vorfinden würde. Er konnte also beruhigt schlafen. Und das tat er dann auch.

Als er wach wurde, war es dunkel. Die Türe zum Flur war geschlossen, und nur der Schein der Straßenlaterne vor dem Fenster tauchte das Zimmer in ein ungewisses Licht. Unter dem Türspalt sah er einen flüchtigen Lichtschein wie von einer Taschenlampe. Der Junge erinnerte sich an seinen letzten Traum: Er war auf einem Feuerwehrwagen mit Sirene durch eine Stadt gefahren. Er schüttelte den letzten Rest Schlaf ab und horchte. Im Flur war eine gedämpfte Männerstimme zu hören, nicht die seines Vaters. „Kein Licht machen", verstand er. Dann die fragende Stimme seiner Mutter. Sie bekam eine kurze Antwort, die der Junge nicht verstand. Gleich darauf trat sie ein, nur mit einen Morgenmantel bekleidet. Ihr Gesicht konnte er nicht sehen. Sie flüsterte seinen Namen. Der Junge setzte sich im Bett auf. Sie nahm ihn an der Hand, zog ihn aus dem Bett und legte die Bettdecke um seine Schultern. So trat sie mit ihm auf den Flur, wo die Schwester schon wartete. Seinen Vater konnte er nirgendwo entdecken. Überall roch es merkwürdig. Der Junge spürte, dass etwas passiert war, aber er verstand nicht, was. Im Hausflur waren Menschen unterwegs. Die Mutter packte seine Hand fester und zog ihn mit raschen Schritten auf den Hausflur und dann auf die Straße. Viele Menschen standen dort im Licht der Straßenlaternen. Sie schauten am Haus empor. Ein Feuerwehrwagen stand da, mit laufendem Blaulicht. Aber es schlugen nirgendwo Flammen heraus. Hatte die Sirene sich in seinen Traum geschlichen?

Jetzt erschien sein Vater in der Haustür. Er trug ein Kind auf dem Arm, ein kleines Mädchen, das zu der Familie im Dachgeschoss gehörte. Er gab es der Mutter der Familie in den Arm, die mit zwei älteren Kindern schon auf der Straße stand.

„Halten Sie Abstand! Noch jemand im Haus?", rief einer der Feuerwehrmänner. Der Vater blickte sich suchend unter den Umstehenden um.

„Frau Nitsche!", rief er plötzlich und rannte zur Haustür.

Frau Nitsche wohnte im zweiten Stock, war alt und schwerhörig. Sie war Heimatvertriebene, hatte sein Vater ihm irgendwann erklärt. Der Junge hatte den Begriff entschlüsselt, auch wenn er das Wie und Warum nicht verstand.

Ein Feuerwehrmann rief dem Vater zu: „Bleiben Sie hier, Mann!" Aber der war schon im Haus verschwunden.

47

Die Mutter schrie auf, und für einen Moment lockerte sich ihr Griff um die Hand des Jungen. Er riss sich los und wollte zum Haus rennen, aber er kam nur wenige Schritte weit, dann hielten ihn starke Arme zurück. Was, wenn sie für immer aus ihrer Wohnung vertrieben wurden? So wie Frau Nitsche aus Schlesien? Hätte er noch etwas mitnehmen sollen? Aber auch die anderen Hausbewohner, die auf der Straße standen, hatten nur, was sie am Leib trugen.

Augenblicke später fuhren ein Krankenwagen und ein weiterer Feuerwehrwagen vor. Vier Männer sprangen heraus. Sie trugen Masken, von denen aus ein Schlauch zu einem Rucksack führte, und rannten ins Haus. Auf der Straße war es nun ganz still. Nach einer Zeit, die dem Jungen wie eine Ewigkeit vorkam, erschienen die Feuerwehrleute in der Tür. Sie trugen die alte Frau und legten sie auf eine Trage. Sie hatte die Augen geschlossen und bewegte sich nicht. Hinter ihnen erschien der Vater in der Tür, schwer atmend, aber wohlbehalten.

Sie fanden Unterkunft bei den Großeltern und durften am übernächsten Tag ihre Wohnung wieder beziehen. Der Geruch war verschwunden.

„Was ist mit Frau Nitsche?", fragte der Junge seine Mutter.

„Ich weiß es nicht", antwortete die Mutter und schaute dabei aus dem Fenster.

Der Junge ging durch die Wohnung. Alles war genau so, wie sie es verlassen hatten. Auch seine Kleider lagen noch so, wie er sie vorgestern abgelegt hatte.

Am Abend lag er im Bett, aber der Schlaf wollte nicht kommen. Er lauschte dem Klavierspiel seiner Schwester im Nebenzimmer. Seine Mutter trat ein. Der Junge stellte sich schlafend. Sie strich ihm über die Stirn, als wollte sie einen traurigen Traum wegwischen, und schlich auf Zehenspitzen aus dem Zimmer. Er steckte den Kopf unter die Decke, um sich ganz geborgen zu fühlen. Aber es half nicht.

Nichts war wie früher.

Erlösung

Tom hatte längst bemerkt, dass er sich in der großen, grauen Stadt verirrt hatte. Je länger er ging, desto fremder kamen ihm die Straßen vor. Aber wenn er umkehrte, hatte er stets das Gefühl, auf einen anderen Weg zu gelangen als den, auf dem er gekommen war, so als ob ein böser Zauber hinter seinem Rücken die Straßen und Häuser umgestellt hätte. Langsam fühlte er Panik in sich aufsteigen. Der Regen rieselte beständig in dünnen Schleiern vom Himmel, und die Menschen, die ihm begegneten, hielten sich die Mantelkrägen zu und hatten den Blick auf den Boden gerichtet.

Seinen Stadtplan hatte er im Hotel vergessen, war dann auch nicht noch einmal umgekehrt im Vertrauen darauf, dass er sein Ziel schon finden würde. Erlöserkirche – was wollte er da überhaupt? Mit Kirche und Religion hatte er längst abgeschlossen. Eine kleine Kirche am Rande eines Friedhofs, der schon seit hundert Jahren nicht belegt wurde und sorgfältig gepflegt als Park diente. So stand es im Reiseführer. War er deshalb wirklich in diese unwirtliche Stadt gereist? Er erinnerte sich an den zweifelnden Blick seiner Frau, als er ihr von seinem Plan erzählt hatte. Vielleicht gab es einen tieferen Grund, aber davon wollte er nichts wissen.

Unter den vielen eiligen Menschen fiel ihm ein alter Mann auf, der im Schutz der Arkaden eines mittelalterlichen Hauses stand. Er als Einziger schien nirgendwohin zu wollen, sondern stand da und blickte abwechselnd in den grauen Himmel und auf die Menschen, die an ihm vorbeieilten.

Tom sprach ihn an und fragte ihn nach der Erlöserkirche. Der Alte – er war in einen langen schwarzen Mantel gehüllt – wies mit dem Finger auf eine der Straßen, die von dem kleinen Platz wegführten: „Da entlang."

Tom schöpfte Hoffnung und beschleunigte seinen Schritt. Jetzt hatte er das unbestimmte Gefühl, durch diese Straßen schon einmal gegangen zu sein, nicht heute, sondern vor langer Zeit. Vielleicht im Traum.

Der Weg zog sich hin, und es tauchte nichts auf, was einer Kirche ähnlich sah. Nach einer Zeit, die ihm endlos vorkam, nach der Uhr aber wahrscheinlich kaum mehr als eine Stunde später, trat er aus einer Gasse heraus und stand plötzlich wieder vor dem Haus mit den Arkaden. Er fühlte sich müde und stellte sich neben den alten Mann, um wenigstens vor dem Regen geschützt zu sein.

„Darf ich Sie etwas fragen?", sprach ihn der Alte an.

Tom neigte den Kopf etwas zur Seite, eine Geste, die weder ja noch nein bedeutete. Er war nicht in der Stimmung für ein Gespräch. Aber sein Gegenüber deutete es als „Ja" und fragte:

„Was wollten Sie in der Erlöserkirche? Sie ist ohnehin verschlossen. Und kein berühmtes Bauwerk. Der Friedhof ist schon eher sehenswert." Nach einer kurzen Pause setzte er halb im Scherz hinzu: „Und Erlösung haben Sie ja wohl nicht gesucht, oder?"

Und wenn es so wäre?, dachte Tom.

Der Mann an seiner Seite schien seinen Gedanken zu lesen. „Dann müsste man fragen: Erlösung wovon?", fuhr er fort.

Tom war unangenehm berührt. Die Situation war vollkommen absurd. Er war in eine fremde Stadt gefahren und hatte eine Kirche gesucht, von der er nichts als den Namen wusste. Und nun stand er im Halbdunkel neben einem Mann, den er nicht kannte, und der ihm Fragen stellte, über die er seit seiner Studentenzeit nicht mehr nachgedacht hatte. Damals war er unter den Einfluss einer Gruppe geraten, die versuchte, mithilfe einer fernöstlichen Philosophie diejenigen Fragen zu beantworten, auf die die Kirchen ihnen die Antworten verweigerten.

Außerdem: Über Erlösung konnte man zwar nachdenken, aber ein Erlöser war weit und breit nicht in Sicht.

Er betrachtete seinen Gegenüber unauffällig. Sein Alter war schwer zu schätzen. Er hatte einen weißen Vollbart, aber aus dem Gesicht blickten ihn zwei sehr interessierte Augen an. Die Unterhaltung machte ihm offensichtlich Spaß.

Die letzte Frage stand noch im Raum. Tom bemühte sich um einen scherzhaften Ton und sagte leichthin: „Ich wüsste nicht, wovon."

Das war nicht die Wahrheit, und einen Augenblick später sprach der andere sie aus: „Ich schon. Von Schuld. Von Angst."

Tom erstarrte. Aber nein, das waren Gemeinplätze, beruhigte er sich. Solche Sorgen hatte schließlich jeder.

Nach einer kleinen Pause fuhr der Alte fort: „Machen wir mal ein Gedankenexperiment. Gesetzt den Fall, die Erlöserkirche wäre geöffnet gewesen, und Sie hätten dort jemanden getroffen, der angeboten hätte, Sie zu erlösen." Er kicherte.

„Um welchen Preis, hätte ich ihn gefragt", sagte Tom.

„Richtig. Alles hat seinen Preis. Und dieser Erlöser hätte gesagt: Das überlasse ich Dir."

Tom zögerte mit seiner Antwort.

„Sie zögern zu Recht", sagte der Alte. „Soll ich Ihnen sagen, warum? Zum einen: Was nichts kostet, ist nichts wert, denken Sie. Und zum anderen werden Sie sich nicht jemandem in die Hand geben, nicht mal, wenn er sie erlösen will."

Tom spürte einen plötzlichen Ärger in sich aufsteigen. Dieses Gespräch war ihm aufgezwungen worden, und es war höchste Zeit, es zu beenden.

„Entschuldigen Sie mich. Ich muss jetzt weiter", sagte er abrupt.

Zu seiner Überraschung fand er den Weg zum Hotel ohne Probleme. Mittlerweile war es dunkel geworden. Die Straßenlichter spiegelten sich im nassen Asphalt, und ein böiger Wind trieb ihm den Regen ins Gesicht. Als er im Hotel ankam, war er durchnässt und durchgefroren. Er ließ sich ein Bad ein. Was für eine Erlösung, dachte er, als er sich in das warme Wasser gleiten ließ. Er erinnerte sich an den Politiker, der vor Jahrzehnten in der Badewanne eines Genfer Hotels seinem Leben ein Ende gesetzt hatte, weil er keinen Ausweg mehr aus dem Dickicht seiner Lügen gefunden hatte. Auch eine Erlösung.

Es tat gut, wieder in das normale Leben einzutauchen. Auch wenn die Angst zurückkehrte. Auf was für eine absurde Unternehmung hatte er sich da eingelassen.

Es klopfte an der Tür, die er abgeschlossen hatte.

„Bitte öffnen Sie die Tür."

Tom holte tief Luft. Sie hatten ihn gefunden.

Freiheit

Das Erste, was er wahrnahm, nachdem das schwere, eiserne Tor sich hinter ihm geschlossen hatte, war der Himmel. Er war blau, und einige Schleierwolken zogen über ihn dahin. Verrückt, dachte Tom, ich habe doch jeden Tag beim Hofgang den Himmel sehen können, mit Ausnahme der drei Wochen verschärfter Haft nach der Sache mit dem Aufseher. Der Himmel hatte seine Sehnsucht nach Freiheit entzündet. Und nun? Was ist denn jetzt besonderes daran? Nun war er endlich frei, nach fünf Jahren, und die Verheißung von Freiheit hatte sich erfüllt. Das weite, in der Sommerhitze flimmernde Land lag vor ihm, das Leben lag vor ihm, das er für fünf lange Jahre entbehrt hatte. Es warteten Städte auf ihn, die durchstreift werden wollten, Frauen, die berührt, Abenteuer, die erlebt werden wollten. Er atmete tief den Duft der in der Sonne dörrenden Nadelhölzer ein.

Er schulterte den Rucksack, in dem er seine wenigen Sachen verstaut hatte, und machte sich auf den Weg zur Stadt. Nach wenigen Minuten hielt ein Pick-up und ließ ihn einsteigen. Der Fahrer musste ahnen, dass er einen entlassenen Sträfling mitnahm – kein Mensch würde sonst in dieser gottverlassenen Gegend zu Fuß gehen. Aber es schien ihm egal zu sein. Wortlos hielt er Tom eine Bierdose hin. Sie sprachen nur wenig.

Die Stadt, die sie dann erreichten, hatte keinen Stadtkern. Sie war eine gestaltlose Ansammlung von Wohnhäusern, Supermärkten, Gebrauchtwagenhändlern, Tankstellen und Bars. Irgendwo stieg Tom aus und winkte dem Fahrer beim Abschied zu. Langsam erkannte er die Straßen wieder, in denen er sich früher herumgetrieben hatte. Hier musste auch das kleine, schmuddelige Hotel sein, in dem sie ihn damals verhaftet hatten. Den einen Banküberfall hatten sie ihm nachweisen können, den zweiten nicht, weil sie die Beute nicht gefunden hatten. Detective Sergeant Perry, dieser Fettwanst, hatte das Hotelzimmer stundenlang auf den Kopf gestellt.

Tom hoffte, dass niemand das Geld in der Zwischenzeit gefunden hatte. Es war ja ein entscheidender Teil seiner Lebensplanung.

Was würde er damit machen? Ein kleines Haus am Stadtrand kaufen, oder irgendwo am Meer. Abends mit Freunden auf der Terrasse sitzen und Tequila trinken. Eine Frau im Bett haben, wenn er eine brauchte. Arbeiten? Ja, vielleicht, in ein paar Jahren. Aber nichts Schweres, vielleicht an einer Tankstelle oder in einer Autowerkstatt.

Mit einem rauschhaften Gefühl ging ihm plötzlich auf, dass Freiheit viel mehr war als tun und lassen, was man will. Machte es die Natur nicht vor? Was fragt der Fuchs, der sich im Hühnerstall bedient, nach Recht und Gesetz? So hatte er es, ohne zu wissen warum, in seinem Leben vor dem Gefängnis gehalten. Jetzt, in diesem Augenblick, wusste er, dass es der richtige Weg war, und wie eine schwere Last fiel das Gefühl von Schuld von ihm ab.

Er bekam in dem Hotel das Zimmer, in dem er damals gehaust hatte, legte sich auf das Bett und nahm einen Schluck aus der Flasche Tequila, die er unterwegs gekauft hatte. Dann schloss er das Fenster, zog die Vorhänge vor und machte sich an die Arbeit. Er hielt das Handtuch unter den Wasserhahn und legte es oberhalb des Bettes an den Rand der Tapetenbahn. Nach einigen Minuten ließ sich die Tapete ablösen, und hinter ihr kam ein Hohlraum zutage, der mit einem Stück Pappe abgedeckt war. Tom entfernte die Pappe und griff in den Hohlraum. Mit unendlicher Erleichterung stellte er fest, dass niemand sein Versteck geplündert hatte. Er holte nacheinander die Geldbündel aus der Nische und packte sie in seinen Rucksack. Danach verschloss er das Loch wieder und strich die Tapete darüber glatt.

Jetzt fing das Leben erst richtig an! Er zog die Vorhänge zurück, öffnete das Fenster und atmete tief ein. Die Geräusche der abendlichen Stadt, die Gerüche des Restaurants gegenüber, die Lichter und Leuchtreklamen – alles schien wie eine Einladung zu sein, die sein Herz mit Spannung und Vorfreude erfüllte.

Tom wartete, bis es vollends dunkel geworden war, und er Hunger bekam. Er schulterte seinen Rucksack und trat auf den Flur.

Am Ende des Flurs saß ein Mann im Halbdunkel. Ein sehr dicker Mann. Er hatte eine Pistole in der Hand. Sie zeigte auf Toms Bauch.

„Hi, Tom!", sagte Detective Sergeant Perry gemütlich. „Ich wusste, dass du wiederkommen würdest, und ich wusste auch, wann."

Seine Stimme wurde schneidend.

„Und jetzt pack deinen Rucksack aus."

Die Rettung der Welt

Am 23. Februar 1975 fiel der Dachdecker Hubertus Bleifus vom Dach der Volksbank Erftstetten und war sofort tot. In der Sekunde vor dem Aufschlag verspürte er eher Erstaunen als Erschrecken und eine unbestimmte Ahnung, dass sein Ende so nicht geplant gewesen sei.

Damit hatte er in der Tat recht. Sein Schutzengel bekam einen heiligen Schrecken, denn er hatte den Auftrag gehabt, Bleifus unter allen Umständen am Leben zu erhalten, zumindest bis zum 21. Dezember 1976. Die Hintergründe dieses Auftrags waren ihm nicht mitgeteilt worden. Man hatte ihn von höherer Stelle jedoch merken lassen, dass es dabei um sehr Wichtiges, wenn nicht gar um die Rettung der Welt ging.

Der zuständige Schutzengel hieß Harald 69. Infolge der Bevölkerungsexplosion hatte es irgendwann mehr Schutzengel als Vornamen gegeben, sodass man dazu übergegangen war, die Namen durch Nummern zu ergänzen. Nur in der Chefetage blieb es bei den alten Namen: Gabriel, Rafael, Uriel, Michael und andere.

Auch die Methoden hatten sich geändert. War bis weit ins Mittelalter noch ein direktes Eingreifen möglich, ohne dass die Beschützten etwas merkten, so bediente man sich in der neueren Zeit, die sich als „aufgeklärt" verstand, einer Technik, die als „Coincidence engineering " (CE), zu Deutsch „Zufalls-Beeinflussung" bezeichnet wurde, was nichts anderes bedeutete, als dass man auf mannigfache Weise versuchte, dem Zufall auf die Sprünge zu helfen.

Ein direktes Eingreifen war den Schutzengeln mittlerweile untersagt, das hätte die Willens- und Handlungsfreiheit der Menschen eingeengt, auf die seitens der Direktion neuerdings größter Wert gelegt wurde. Aber die Schutzengel durften Zufälle konstruieren, die den Lauf der Ereignisse in die gewünschte Richtung lenkten. Natürlich gab es auch immer noch jede Menge echter Zufälle, so wie jener Fehltritt, der dem bedauernswerten Bleifus zum Verhängnis geworden war.

Harald 69 saß also nun zerknirscht an seinem Schreibtisch, als ihn die Nachricht ereilte, dass er sich unverzüglich bei seinem Chef, Erzengel Gabriel, zu melden habe.

„Was soll ich ihm denn sagen?", fragte er seinen Kollegen Leo 83, mit dem er das Büro teilte.

„Was Kluges, zum Teufel!", antwortete Leo.

„Können wir den Teufel hier bitte außen vor lassen", sagte Harald gequält.

Nun stand Harald 69 also vor Gabriel, der ihn düster musterte und fragte: „Ist Ihnen klar, was Sie da angerichtet haben?"

Harald schüttelte den Kopf und wich dem Blick seines Vorgesetzten aus.

„Dieser Dachdecker hätte sich am 21. Dezember 1976 auf dem Weg zur Arbeit in seinem VW Käfer eine Zigarette angezündet. Durch eine Unachtsamkeit wäre etwas Zigarettenasche auf seine Hose gefallen. Als er sie wegwischte, hätte er seinen Blick für zwei Sekunden von der Straße abgewandt. Hierdurch wäre er auf den vor ihm abbremsenden Opel Rekord des Franz Ignaz Löffleitner aufgefahren. Die beiden Männer wären ausgestiegen und hätten versucht, die Formalitäten zu regeln, sich aber nicht einigen können, weswegen dann noch die Polizei gerufen worden wäre. Durch diese Verzögerung wäre Löffleitner verspätet zu einem Stelldichein mit seiner Freundin Elisabeth Stange gekommen. In der hätte sich dadurch die Überzeugung gefestigt, dass Löffleitner aufgrund seiner Unstetigkeit für die von ihr erstrebte Ehe der falsche Partner wäre. Dadurch wäre Lukas Löffleitner niemals gezeugt worden. Und was das bedeutet, brauche ich Ihnen ja wohl nicht zu erklären."

Harald schauderte, denn jetzt verstand er den Sinn seines Auftrags. Lukas Löffleitner würde sich bereits während seiner Schulzeit durch überragende rhetorische Fähigkeiten hervortun und sich deshalb nach Abschluss seines Jurastudiums der Politik zuwenden. Innerhalb weniger Jahre würde er die Splitterpartei „Das Volk" (DV) von Wahlsieg zu Wahlsieg führen und 2025 die absolute Mehrheit im Bundestag erringen. Seine Vision „Deutschland für die Welt" würde an das Gedankengut der 1918 untergegangenen Monarchie anknüpfen, allerdings ohne Berührungsängste gegenüber den Errungenschaften des 20. Jahrhunderts. Sein dämonisches Redetalent würde mit diesem dürren Slogan die Massen in Ekstase versetzen. Im Hochgefühl nationaler Größe würde er die atomare Wiederbewaffnung Deutschlands durchsetzen und auf dem Weg zu einer Erweiterung des deutschen Lebensraumes zunächst Europa und später dann den Rest der Welt in den Abgrund stürzen.

„Jetzt schauen Sie, wie Sie das wieder repariert kriegen", sagte Gabriel und blickte Harald über den Rand seiner

Brille hinweg an. „Wir haben es schon 1888 in Braunau nicht geschafft, die Geschichte umzulenken. Irgendwann werden wir uns fragen lassen müssen, wozu wir überhaupt da sind. Also strengen Sie sich an."

Harald murmelte beflissen etwas von „umgehend, mit allen Kräften" und war froh, als er wieder in seinem Büro saß.

„Kann ich dir helfen?", fragte Leo mitleidig angesichts seines Kollegen, der nur mehr ein Häufchen Elend war.

„Wir müssen Löffleitner verhindern", antwortete Harald dumpf.

„Wenn's sonst nichts ist", sagte Leo leichthin. Es sollte locker klingen, aber der Ernst der Lage war ihm vollauf bewusst. Ein Fanatiker war auf seinem Weg durch widrige Umstände kaum mehr aufzuhalten. Gleich einem Artilleriegeschoss würde er unbeirrt seine vorgezeichnete Bahn ziehen, ein Phänomen, das in der Fachliteratur als „biografische Resilienz" bezeichnet wurde. Eingriffe mussten also sehr früh erfolgen, am besten vor der Empfängnis, so wie es mit Hilfe des leider verunglückten Hubertus Bleifus geplant gewesen war.

Die beiden Engel beschlossen, ihrer Kreativität zunächst mal mit einem Bier in der Eckkneipe auf die Sprünge zu helfen. Tonio, der Wirt, wusste auch ohne Bestellung, was sie brauchten. Ein zweites und ein drittes Bier kamen hinzu.

Leo beobachtete nachdenklich Tonios Katze, die – von allen Gästen respektiert – auf der Fensterbank saß und sich putzte, dann heruntersprang und unschlüssig zwischen den Tischen umherwanderte.

„Weißt du, was mir gerade durch den Kopf geht?", fragte er. „Katzen haben in ihrem Verhalten ein hohes Zufallspotential. Sie tun mal dies und mal das, und kein Mensch versteht, warum was und warum gerade jetzt."

„Und?", fragte Harald einigermaßen verständnislos.

„Nun, eine Katze ist ein perfektes Einfallstor für ein Coincidence engineering."

Haralds Gesicht hellte sich auf. Der Plan, den die beiden in den folgenden Stunden bei reichlichem Alkoholgenuss entwarfen, ging später als Paradebeispiel eines gelungenen CE in die Lehrbücher ein.

Den Anfang der Kausalkette machte eine Katze. Ihr Name tut hier eigentlich nichts zur Sache, soll aber wegen ihres Einflusses auf den Gang der Weltgeschichte nicht unerwähnt bleiben: Sie hieß Mauzel.

Da wir nun über tatsächlich Geschehenes reden, wechseln wir von der Möglichkeits- in die Vergangenheitsform.

Mauzel also sprang an einem Oktobertag des Jahres 2005 von ihrem Katzenbaum in der Wohnung der Taxifahrerin Bianca F. und wollte zu ihrem Schlafplatz in die Sofaecke wechseln. Bianca F. durchquerte in diesem Moment mit einer Schüssel Obstsalat das Zimmer. Sie stolperte über die Katze, fiel hin und fügte sich an der zerbrechenden Schüssel einen tiefen Schnitt am Handballen zu. Als sie in ihrem Badezimmer keine Mullbinde fand, klingelte sie einen Stock tiefer bei dem Medizinstudenten Arnold M., der es bereitwillig übernahm, die Wunde zu versorgen. Während er fachgerecht Biancas Hand verband, kam es zu einem längeren Blickkontakt zwischen den beiden, der dazu führte, dass sie sich anschließend noch eine

Weile angeregt unterhielten und sichtlich Gefallen aneinander fanden. Später sollte daraus eine langjährige Beziehung werden, was aber in diesem Zusammenhang nicht mehr von Belang ist.

Wichtig jedoch ist: Bianca F. hatte vor ihrem Sturz ein Schnitzel in die Pfanne gelegt, das nun längst fertig gebraten war und allmählich verkohlte, sodass Rauchschwaden aus dem Küchenfenster zogen. Im gegenüberliegenden Haus hatte der Rentner Anton H. seinen gewohnten Beobachtungsposten bezogen und stellte beglückt fest, dass seine Wachsamkeit nach all den Jahren endlich belohnt wurde. Er rief die Feuerwehr, und die war auch wenige Minuten später zur Stelle. Obschon sich, wie später im Einsatzprotokoll verzeichnet, die Brandbekämpfungsmaßnahmen auf das Abschalten der Herdplatte beschränkten, blockierten die Feuerwehrfahrzeuge doch für eine geschlagene halbe Stunde die Straße und zwangen Löffleitner, der auf dem Weg zu einer Präsidiumssitzung der Partei „Das Volk" war, einen Umweg zu fahren.

Beim Umprogrammieren seines Navis machte er allerdings einen Fehler, sodass dieses ihn einen weiten Umweg führte und er eine halbe Stunde zu spät kam. So verpasste er einen informellen, vertraulichen Austausch der übrigen Präsidiumsmitglieder, der in Gegenwart seiner alles beherrschenden Persönlichkeit niemals möglich gewesen wäre.

Dies wurde die Geburtsstunde einer innerparteilichen Opposition, die wiederum später seine Abwahl vom Parteivorsitz durchsetzte. Tief enttäuscht wandte sich Löffleitner daraufhin gänzlich von der Politik ab und wurde

Geschäftsführer eines Entsorgungsunternehmens, das er wenige Jahre später in den Ruin steuerte. Auf diese Weise hatte man den Schaden, den er anrichtete, auf ein erträgliches Maß begrenzt.

„Verspätung", dozierte Harald 69 viele Jahre danach, als er längst mit einem Lehrstuhl für Coincidence engineering gewürdigt worden war, „Verspätung ist eines unserer wichtigsten Werkzeuge." Siebenundzwanzig Studenten beugten sich über ihre Schreibhefte und schrieben beflissen seine Worte mit, und er fuhr fort:

„Was meinen Sie, wie viele epochale Konzilsentscheidungen wir dadurch zustande gebracht haben, dass die oppositionelle Delegation auf dem Weg zum Konzilsort unter die Räuber fiel oder ihren Rausch nicht rechtzeitig ausgeschlafen hatte. Auch bei dem ursprünglichen Plan zur Verhinderung von Löffleitner hatten wir uns ja, wie Sie sich erinnern mögen, dieses Werkzeugs bedienen wollen."

Seine eigene unrühmliche Rolle beim Scheitern von Plan A war glücklicherweise vollkommen in Vergessenheit geraten.

Die Katze Mauzel wurde übrigens nach ihrem Ableben an höherer Stelle mit größter Ehrerbietung empfangen und genoss besondere Privilegien. Schließlich hatte sie die Welt gerettet.

Als der Rentner Anton H. einige Jahre später das Zeitliche segnete und von seinem Beitrag zu den Geschehnissen erfuhr, beanspruchte er ebenfalls eine Sonderbehandlung. Die wurde ihm aber verwehrt, da er nur ein Glied in der Kausalkette gewesen war. Bianca F. traf Jahrzehnte später ein und erfuhr, wie sie mit ihrem Sturz zum glücklichen Ausgang der Ereignisse beigetragen hatte. Sie begehrte aber lediglich, Mauzel zu treffen, was ihr natürlich gerne gewährt wurde. Die Freude beim Wiedersehen war durchaus beiderseitig.

Die Zeit des Wartens ist vorbei

Simone tastete sich vorsichtig wieder zu ihrem Bett zurück und legte sich mit einem Seufzer der Erleichterung hin. Der zweite Tag nach der Chemotherapie war immer der schlimmste, und heute hatte sie beschlossen, nach dem Frühstück einfach noch mal eine Ruhepause einzulegen. Sie betrachtete die Rosen, die vor ihrem Schlafzimmerfenster blühten, und erinnerte sich, wie sie noch vor einigen Wochen auf den blühenden Kirschbaum geblickt hatte. „Gott, wie kitschig!", dachte sie. „Jetzt lieg ich hier und strenge mich an, den Augenblick zu genießen. Und das Irre ist – es gelingt mir sogar."

Ihre Gedanken begannen zu verschwimmen.

Sie dachte an das Gespräch mit ihrem Mann gestern. Er wusste von ihrer Krankheit und wusste auch, dass ihre Zeit ablief. Sie war nicht so töricht, ihn zu fragen, wie viel Zeit sie noch hatte. Er war zwar Mediziner, aber diese Frage hatte selbst die Ärztin in der Onkologie nicht beantworten können. Aber er hatte seinerseits gefragt: „Was erhoffst du noch? Was ist dein Ziel? Oder wartest du auf das Ende?"

Sie fand diese Fragen einen Augenblick lang sehr hart, aber unter dem Eindruck ihrer Krankheit hatte sich ihr Umgang miteinander verändert. Sie hatten gelernt, auf Umwege, auf Umschreibungen zu verzichten. Die Zeit war dafür zu kostbar geworden. Und ihr war klar geworden, dass es genau die Fragen waren, die sie sich selbst stellte.

Nein, auf das Ende warten, das kam nicht in Frage. Im Gegenteil. Seit sie von ihrer Diagnose wusste, hatte die Zeit – ihre Zeit – einen ganz anderen Wert bekommen. Sie konnte ihren Hunger auf Leben nicht mehr verschieben in eine unbekannte, aber im Zweifelsfall doch reichlich vorhandene Zukunft. Jetzt waren die Stunden kostbar geworden. Wie viel Zeit in ihrem Leben hatte sie mit Warten verbracht. Warten darauf, endlich aus dem Elternhaus, aus dem Schatten des Vaters herauszutreten. Warten auf „den Richtigen", der es dann doch nicht war, noch nicht. Warten darauf, dass sie sich endlich ein Anwesen kaufen konnte, in dem auch ihre Seele eine Heimat fand.

Nein, die Zeit des Wartens war vorbei.

Was jetzt noch vor ihr lag, war kostbare Zeit. Zeit für Gespräche mit ihrem Mann und mit engsten Freunden. Für die Bücher, die sie schon immer hatte lesen wollen – und für die, die ihr ans Herz gewachsen waren und darauf warteten, noch einmal gelesen zu werden. Zeit, sich von Musik ergreifen zu lassen. Und von der Natur, die weiterlebte, auch wenn sie selbst nicht mehr lebte. Sie blieb an diesem letzten Gedanken haften und überlegte, weshalb er so unendlich tröstlich war. Aber sie konnte es sich nicht erklären.

Ihr Mann hatte sich gewundert, dass sie keine Angst hatte, vor dem Sterben, vor Schmerzen, vor Einsamkeit. Der Gedanke an Schmerzen war nur blass und besaß keine große Macht über sie. Ihr Mann würde ihr dann helfen. Sie konnte sich in seine Fürsorge fallen lassen, wenn es so weit wäre. Gleichzeitig aber freute sie sich, dass sie bisher ihre Selbstständigkeit bewahrt hatte. Nicht nur ihrem

Mann, auch dem Chirurgen gegenüber, der ihr zur Operation geraten hatte. Sie hatte ihn gefragt, wie hoch der Preis für die zusätzlich gewonnene Lebenszeit war. Wie viele Wochen sie verlieren würde im Krankenhaus, wie viele Wochen, in denen sie auf andere angewiesen sein würde. Ja, wenn überhaupt Angst, dann vor dem Verlust der Selbstständigkeit. Ansonsten – so stellte sie mit gelindem Erstaunen fest – war sie furchtlos.

Und Einsamkeit? Nein. Sie fühlte sich nicht mal jetzt einsam, wo sie allein in ihrem Schlafzimmer lag. Mit dem Bekanntwerden ihrer Krankheit waren viele Freunde und Verwandte ihr näher gerückt. Einige wenige Freunde hatten allerdings auch den Kontakt einschlafen lassen – wahrscheinlich waren sie ratlos, wie man mit ihr jetzt sprechen sollte. Ein Freund aus Kindertagen andererseits, ebenfalls Arzt, mit dem sie über Jahrzehnte nur gelegentlichen Kontakt gehabt hatte, rief nun fast täglich an, und an vielen Tagen rief sie ihn selbst an. Er hatte keine Scheu, sie zu fragen, wie ihr zumute war mit ihrer Diagnose. Sie konnte ihn nach medizinischen Dingen fragen, aber oft auch erzählten sie sich gegenseitig von Erinnerungen, Erlebnissen und Gedanken.

Sie hatte mittlerweile das Gefühl, dass sie von einem Netz umgeben und gehalten wurde. Und seltsamerweise traten in diesen Reigen der abwesenden Verbundenen nun dann und wann auch diejenigen ein, die längst nicht mehr lebten: Ihr Großvater, der schon gestorben war, als sie erst fünf war. Ein Jugendfreund, der vor Erreichen des Erwachsenenalters an Leukämie gestorben war. Manchmal ließ sie auch vorsichtig ihre Eltern in den Reigen eintreten.

Auch der Freund ihrer Kinderzeit hatte sie nach einem Ziel gefragt. Hatte sie ein Ziel? Ihren Glauben hatte sie schon lange verloren. Das ewige Leben stand also nicht zur Auswahl. Außerdem, fand sie, war es schon ziemlich verrückt, sich als Lebensziel etwas vorzunehmen, das jenseits des Lebens lag. Vielleicht als Trost nach einem unglücklichen Leben. Aber ihr Leben war nicht unglücklich gewesen. Also nochmals: Hatte sie ein Ziel? Ja: Sie wollte keinen Augenblick mehr warten, sondern einen jeden als Geschenk nehmen – von wem auch immer. Jeder Augenblick war kostbar.

Vorsichtig schlug wieder der Kitsch-Alarm an. Konnte man so was nicht genauso auf der Ratgeber-Seite der „Brigitte" lesen? Mag sein, aber ihr waren die Augen geöffnet; sie wusste, dass es nicht nur um die „tollen" Momente ging, den Blick vom Gipfelkreuz, eine lang ersehnte Umarmung, das Vollenden einer wichtigen Arbeit. Nein, es ging tatsächlich um jeden Augenblick, ausnahmslos.

Aber war das wirklich alles?

Beim Nachdenken über diese Frage senkte ein gnädiges Schicksal, oder wer immer sonst gerade die Hand über sie hielt, einen sanften, traumlosen Schlummer über sie, sodass sie sich – und bedauerlicherweise auch uns – die Antwort schuldig blieb.

Irgendwann wachte sie auf und schaute nach der Uhr. Es war Mittagszeit. Sie fühlte sich gestärkt, setzte sich auf die Bettkante und zog sich an.

Ihr Mann saß am Tisch, als sie in die Küche trat. Er sah von seinem Buch auf und lächelte sie an. „Die Zeit des Wartens ist vorbei!" verkündete sie. Und auf seinen fragenden Blick hin setzte sie hinzu: „Jetzt gibt's was zu essen!"

Fake Love

11. Oktober, Tagebuch Edmund

Ich habe mich verliebt! Ich hätte nie gedacht, dass mir das in meinem Alter noch mal passieren würde. Ja, mit Renate damals, vor 40 Jahren, das war ähnlich gewesen. Als es mit ihr zu Ende ging, habe ich ihr versprechen müssen, dass das Leben für mich weitergehen würde. Und sie hatte klargemacht, dass dazu auch die Liebe gehört.

Ich muss Cora nach ihrem Alter fragen. Ich denke, so wie sie schreibt, ist sie jung: Alles in Kleinschreibung, ohne Punkt und Komma, viele Emoticons. Sie hat mir bis jetzt auch kein Foto geschickt. Aber sie hat von sich erzählt. Von ihrem Psychologiestudium, von ihren Zukunftssorgen, von einer enttäuschten Liebe. Und sie hat ganz viel nach mir gefragt. Ich habe ihr nichts verheimlicht: Dass ich 68 bin, verwitwet, Raucher, übergewichtig. Aber ich habe auch von meinem Leben erzählt, als Ingenieur im Nahen Osten, von meiner Ehe und von meiner großen Einsamkeit.

Beim letzten Chat fing sie an zu träumen und malte sich aus, mit mir zusammen auf die Kanarischen Inseln zu fliegen und den Sonnenuntergang über dem Meer zu erleben. Sie ist genauso einsam wie ich. Es kommt mir immer noch wie ein Wunder vor, dass sie sich für einen Typen wie mich interessiert.

12. Oktober

Jonas klappte seinen Laptop auf. Um neun fing seine Schicht an. Im Moment versorgte er vier Chatpartner, drei Männer und eine Frau. Es gelang ihm mühelos, mit den vieren parallel zu chatten und dabei wahlweise Cora oder Markus zu sein. Einer seiner Chatpartner wurde langsam ungeduldig. Er wollte ein Bild sehen, und irgendwann mit Sicherheit auch ein persönliches Treffen. Er hätte seine Freundin um ein Foto bitten können, aber Iris hätte das vermutlich abgelehnt. Außerdem gab es bei *EasyFlirt* strenge Regeln: Keine Fotos, keine Klarnamen, keine Adressen. Er hatte übrigens auch nützliche Tipps bekommen, die halfen, die Chatpartner zu binden: Viel fragen, Mitgefühl zeigen, bei Männern kam auch Bewunderung immer gut an. Und gelegentlich ein paar persönliche Details einfließen lassen. Natürlich keine echten.

18. Oktober

Mit Edmund wurde es wirklich langsam schwierig. Er fragte immer wieder, warum Cora sich ihm nicht zeige. Jonas hatte das Gefühl, dass Edmund ihr regelrecht verfallen war. Er war seit Wochen jeden Tag zum vereinbarten Zeitpunkt im Chat, pünktlich auf die Minute. Offensichtlich richtete er seinen Tagesablauf darauf ein. Jonas stellte sich vor, wie der einsame, übergewichtige Rentner in seiner verrauchten Bude saß und vor Sehnsucht zerfloss. Eigentlich widerlich. Langsam musste er im Chat dazu übergehen, ihn etwas auf Distanz zu halten. Sonst würden ihm irgendwann keine Ausreden mehr einfallen. Und dann war natürlich das Risiko, dass Edmund absprang. Jonas wusste, dass das sein Rating bei *EasyFlirt* herabstufen würde.

20. Oktober
Wieder eine seitenlange Mitteilung von Edmund. Jonas hatte sie nicht einmal bis zum Ende gelesen. Immer dasselbe: Gemeinsam ein neues Leben beginnen, Spaziergänge im herbstlichen Wald, Teestunde bei Kerzenlicht und dieser ganze Kitsch. Am Ende auch Zärtlichkeit, vorsichtig angedeutet.

Zum ersten Mal fühlte er sich in seinem Job unwohl. Bisher war es leicht verdientes Geld gewesen, nicht üppig, aber unter optimalen Arbeitsbedingungen. Und seitdem er im Rollstuhl saß, war die Auswahl an Jobs nicht mehr so riesig. Irgendwo in der Telefonzentrale arbeiten – das war ihm zu geistlos. Dafür hatte er nicht studiert. Außerdem hatte er die Blicke der Fremden auf seinem entstellten Gesicht nicht mehr ertragen.

Bis jetzt hatte er das Chatten als anregend empfunden. Es stimulierte seine Fantasie, und es amüsierte ihn, wie ernsthaft die Chatpartner sich darauf einließen.

Aber mit Edmund war es jetzt etwas anderes. Jonas hatte das Gefühl, tief in sein Leben eingegriffen zu haben. Er hatte ihm Hoffnung gemacht und dabei gewusst, dass er mit ihm bloß Geld verdiente.

21. Oktober
Edmund schaute auf die Uhr. Noch 10 Minuten. Er wusste genau, dass Cora jetzt auf dem Heimweg von der Uni war. Hoffentlich war die Klausur gut gelaufen. Er hatte mit ihr gelitten unter den wochenlangen Vorbereitungen, hatte versucht, ihr ihre Versagensängste auszureden.

Er konnte es nicht mehr erwarten, klappte den Laptop auf und loggte sich ein. Cora war noch nicht online, aber er schrieb schon mal eine Nachricht:

„Wie ist's gelaufen? Ich habe den ganzen Tag an dich gedacht."

Um wenige Minuten nach fünf kam die Antwort:

„Nicht gut. Ich war furchtbar unter Zeitdruck, hatte Herzrasen. Hab zu allem Überfluss im Moment auch noch meine Tage."

Bei dem letzten Satz hatte Jonas gezögert. Er wusste, dass intime Details Nähe und Vertrautheit signalisierten.

Edmund wusste, dass es kein guter Moment war, um wieder seinen sehnlichsten Wunsch vorzubringen. Dennoch schrieb er:

„Warum kann ich dich nicht sehen? Wenigstens ein Bild!"

Jonas folgte einem plötzlichen Impuls und schrieb:

„Sei froh, dass du mich nicht siehst. Du wärst bitter enttäuscht."

„Warum??", schrieb Edmund.

„Tut mir leid, ich muss abbrechen, gerade kommt eine Kommilitonin", antwortete Jonas. Er beendete kurz entschlossen auch die anderen drei laufenden Chats, lehnte sich zurück und kämpfte mit einer aufsteigenden Übelkeit. Iris trat von hinten an ihn heran und fragte:

„Was ist los?"

„Ich kann so nicht weitermachen", sagte er. „Da sitzt so eine arme Socke, die sich in mich verliebt hat, und ich muss ihn weiter belügen, um ihn nicht unglücklich zu machen. Das macht mich fertig." Er erzählte ihr von Edmund, dem einsamen Rentner, der sich in Cora, die es nicht gab, verliebt hatte. „Und ich weiß nicht, wie ich da rauskomme", schloss er.

Iris hatte seinem neuen Job immer kritisch gegenüber gestanden, aber sie war klug genug, ihm das jetzt nicht vorzuhalten. Stattdessen sagte sie: „Ich glaube, ich habe eine Idee."

23. Oktober, Tagebuch
Seit vier Tagen ist Cora nicht online gewesen. Ich mache mir Sorgen. Ist ihr etwas zugestoßen? Oder will sie die Beziehung zu mir beenden? Ich habe ihr immer wieder geschrieben.

24. Oktober, Tagebuch
Heute kam eine Antwort:
„Lieber Edmund, hier ist nicht Cora, sondern Laura. Ich bin Coras engste Freundin, und sie hat mir, bevor sie ins Krankenhaus ging, ihre Nutzerdaten gegeben und mich gebeten, dir zu schreiben. Ihre Gesundheit hat sich in den letzten Tagen rapide verschlechtert, und der Hautkrebs hat aus ihrem Gesicht eine einzige Wunde gemacht. Ich glaube nicht, dass sie aus dem Krankenhaus noch einmal heimkommt. Ich soll dir sagen, dass du ihr unendlich viel gegeben hast."

28. Oktober, Tagebuch
Warum habe ich ihr die entscheidenden drei Worte nicht gesagt. Es hätte ihr vielleicht Kraft gegeben. Warum reden wir über Gott und die Welt und trauen uns nicht, uns das Allerwichtigste zu sagen. Ihr Account ist gelöscht.

Stattdessen habe ich drei neue Flirt-Anfragen. Aber ich kann Cora doch nicht einfach vergessen und die nächste drannehmen.

Edmund legte das Tagebuch beiseite, zündete sich eine Zigarette an und trat ans Fenster. Draußen fielen aus grauem Novemberhimmel die ersten Schneeflocken.

Nur das Nötigste

Die Straße ist voll von Menschen. Der Zug der Flüchtlinge reißt nicht ab. Es sind vor allem Frauen, Kinder und alte Leute. Die jungen Männer hat der Krieg verschluckt. Marie hat nur das Nötigste mit in den Luftschutzkeller genommen. Jetzt, da sie sieht, dass das Haus ihrer Eltern brennt, weiß sie, dass das alles ist, was sie wird retten können. Ihr Mann hat erst im letzten Moment den Schutzraum erreicht, er besitzt nur noch, was er auf dem Körper trägt. Die nächtliche Straße wird von den Flammen der brennenden Häuser erhellt. Die Menschen schleppen Säcke und Koffer, sie tragen Kinder und schieben Kinderwagen. Alle wollen hinaus aus der Stadt, die ihnen jetzt stündlich zur tödlichen Falle werden kann. Marie und Josua reihen sich in den schweigenden Zug ein.

Marie sieht die Frau am Straßenrand erst wenige Momente, bevor sie an ihr vorbeikommen. Sie steht still da, während alle anderen in hastiger Bewegung sind.

Im Vorübergehen spürt Marie eine Berührung. Die Frau hat die Hand ausgestreckt, aber sie schaut ins Leere. Marie bleibt stehen und blickt sie fragend an.

„Mein Kind, wo ist mein Kind?", fragt die Frau. Sie ist alt, und wenn es ein Kind gab, dann hat sie es vor einem halben Jahrhundert verloren.

„Mein Kind!", wiederholt sie. Marie fasst ihre Hand.

„Sie können hier nicht bleiben. Kommen Sie mit!", sagt sie. Die alte Frau lässt sich willenlos im Strom der Flüchtlinge mitziehen.

Marie verspürt einen krampfartigen Schmerz im Unterleib. Sie umfasst ihren Bauch und stöhnt. Ihr Mann versteht und blickt sie an, Panik in seinen Augen.

„Wir brauchen eine Unterkunft!", sagt er. Verzweifelt schaut er sich um. Am Ende der Straße, an einem Haus mit zerbrochenen Fenstern, hängt ein Schild *Hotel*. Das Foyer riecht nach kaltem Rauch. Der Mann hinter dem Empfangstresen betrachtet sie misstrauisch. Vermutlich harrt er hier aus, um Plünderer fernzuhalten. Josua sagt zu ihm: „Wir brauchen ein Zimmer." Dabei deutet er auf Maries Bauch.

„Das Hotel ist geschlossen", antwortet der Portier kurz angebunden. Dann besinnt er sich und setzt hinzu: „Sie können in die Garage." Josua schaut Marie an, die sich schon unter der nächsten Wehe krümmt. Sie nickt, und beide wenden sich zum Gehen. „Augenblick", sagt der Portier und verschwindet in einem Nebenraum. Kurze Zeit darauf kehrt er mit einer Decke zurück und reicht sie Josua.

Die alte Frau hat vor dem Hotel gewartet. Jetzt folgt sie ihnen in die Garage. Josua breitet die Decke in einer Ecke auf dem Boden aus, und Marie legt sich hin. Wieder kommt eine Wehe, jetzt heftiger. Der Schmerz ist stärker als alles, was sie bisher kennt.

Jetzt erwacht die alte Frau zum Leben. Sie kniet sich neben Marie, streicht ihr über die Stirn und betastet dann ihren Bauch.

In diesem Moment tauchen die zwei Uniformierten im Garageneingang auf.

„Ihren Ausweis, bitte", sagte der Ältere der beiden zu Josua. Josua ahnt, was auf ihn zukommt. Er weiß, dass sein Vorname seine Herkunft verraten könnte. „Bleiben Sie bei ihr?", fragt er die alte Frau.

Die Uniformierten führen ihn in ein leer stehendes Haus und verhören ihn mehrere Stunden lang. Sie drohen ihm Gewalt an, aber im Morgengrauen lassen sie ihn schließlich laufen.

Als er die Garage betritt, ist es totenstill. Nachdem sich seine Augen an die Dunkelheit gewöhnt haben, sieht er in der Ecke die beiden Frauen. Bei seinem Eintreten erhebt sich die alte Frau. Zum ersten Mal sieht sie Josua an. Sie hält ihm ein Bündel entgegen.

„Euer Kind!", sagt sie.

Yvonne

Yvonne blickte erneut zu der großen Anzeigetafel im Gare de l'Est. Noch fünfzehn Minuten, dann würde der Zug kommen, der sie nach Metz brachte. Was wollte sie da überhaupt? Einen Mann treffen, von dem sie nichts wusste, als dass er vor zweiundzwanzig Jahren eine kurze Affäre mit einer Frau hatte, ihrer Mutter. Dem sie aber mit Sicherheit einen Teil ihrer körperlichen und seelischen Eigenarten verdankte. Es war ihr – und nicht nur ihr – immer aufgefallen, dass sie niemanden in der Familie richtig ähnlich sah. Aber wie konnte ein Mann von vierzig, fünfzig Jahren einer 21-jährigen Frau ähnlich sehen? Und ob ihre rätselhafte Neigung zum Grübeln, die ihrer Mutter so ganz fremd war, ein Erbstück ihres Vaters war? „Vater" – zum ersten Mal stand dieses Wort vor ihrem vollen Bewusstsein. Aber es löste keine Freude aus, nur einen Missklang sich widerstrebender Gefühle.

Ihre Freundin Nelly hatte einen „richtigen" Vater. Er war mit ihr durch die Wohnung getobt, hatte ihr bei den Mathe-Hausaufgaben geholfen und ihr Stress gemacht, wenn sie mal spät nach Hause kam. Er war laut, fröhlich und irgendwie nicht wegzudenken. Aber ihr, Yvonnes Vater, war ein Phantom. Ihre Mutter war stets den Fragen nach ihm ausgewichen, und so hatten sich in Yvonne wechselnde Bilder geformt nach Gestalten in Büchern und Filmen. Mit den Jahren waren die Bilder aber blasser geworden, und irgendwann war da nur noch ein weißer Fleck.

Der junge Mann, der links neben ihr saß, drehte plötzlich den Kopf in ihre Richtung. Yvonne verspannte sich. Nein, sie wollte jetzt nicht angesprochen werden, von niemandem. Er schaute sie aber nicht an, sondern sein Blick ging über ihren Kopf ins Leere. Sekunden später bäumte er sich zurück und rutschte auf den Boden, sein Körper begann rhythmisch zu zucken, und blutiger Speichel trat aus seinem Mund. Alle sprangen auf.

Sofort sammelte sich eine Traube von Menschen.

„Einen Notarzt!"

„Er stirbt!"

„Man muss ihn reanimieren!", rief es durcheinander.

Yvonne hatte auf ihrer Station viele epileptische Anfälle gesehen und wusste, dass sie fast immer von alleine aufhören. Sie kniete sich neben ihn und hielt seinen Kopf, damit er sich nicht verletzte. Allmählich ebbten die Zuckungen ab. Als der Rettungsdienst kam, hatte der junge Mann die Augen wieder geöffnet, blickte etwas verwundert um sich und konnte Auskunft geben. Der Notarzt hockte sich neben ihn. Ja, Anfälle seien bei ihm bekannt. Nein, er habe sich nicht verletzt und fühle sich wohl. Nein, er wolle nicht ins Krankenhaus, definitiv. Der Notarzt nahm es entspannt hin und blickte Yvonne fragend an.

„Was nun?"

„Ich bleibe bei ihm", sagte sie.

Zum ersten Mal schaute sie den jungen Mann jetzt genauer an. Er hatte etwas verträumte braune Augen, und Yvonne musste unwillkürlich an den großen Bruder denken, den sie gerne gehabt hätte. Ihre Blicke begegneten sich.

„Danke!", sagte er. Er setzte sich auf und reichte ihr die Hand.

„Denis."

„Yvonne."

„Aber was ist mit deinem Zug?"

„Mein Zug" – sie blickte rasch zur Uhr – „ist weg." Denis schaute sie an.

„Schlimm?"

Es lag ihr auf der Zunge zu sagen „Nicht so schlimm", aber sie sagte es nicht, als sie daran dachte, dass ihr Vater in nicht einmal zwei Stunden in Metz vergeblich auf sie warten würde. Sie hatte keine Handynummer von ihm, nichts. Jetzt würde sie ihn gleich beim ersten Treffen versetzen. Sie bemerkte verwundert, dass die Leerstelle in ihrem Inneren, dort, wo ihr Vater all die Jahre hätte sein sollen, plötzlich gefüllt war, nicht mit einem Bild, sondern mit etwas, das sich anfühlte wie ein gebrochenes Versprechen.

Sie atmete tief durch und versuchte, ihr schlechtes Gewissen zum Schweigen zu bringen.

Hatte er sie nicht auch im Stich gelassen, 21 Jahre lang?

Denis hatte neben ihr gestanden und vermieden, sie anzuschauen, so als ob er ihre Gedanken nicht stören wollte.

„Komm, ich lad´ dich zu einem Kaffee ein", sagte er schließlich.

Yvonne nickte und folgte ihm stumm auf den Bahnhofsvorplatz in ein Straßencafé. Sie spürte, dass sie zum ersten Mal nach so vielen Jahren bereit war, jemandem ihre Geschichte zu erzählen. Diesem jungen Mann, von dem sie nur wusste, dass er Denis hieß und epileptische Anfälle hatte. Und sie würde ihrem Vater schreiben und erklären, warum sie nicht gekommen war. Vielleicht einen späteren Besuch verabreden.

Vielleicht.

Zwei Männer

Alexejev hatte die ganze Zeit, seit er das Botschaftsgebäude verlassen hatte, das Gefühl gehabt, dass ihm jemand folgte. Er schlug den Mantelkragen hoch, blieb vor einem Schaufenster stehen und versuchte, im Spiegelbild seinen Verfolger zu erkennen. Aber er wusste nicht einmal, ob es ein Mann oder eine Frau war. Am sichersten fühlte er sich dort, wo viele Menschen um ihn waren. Er steuerte in ein Kaufhaus und blieb vor einem Spiegel in der Herrenabteilung stehen. Ein dunkelhaariger Mann, etwa in seinem Alter, schlenderte hinter ihm vorbei und blickte kurz zu ihm herüber. Alexejev überlegte, ob es sein Verfolger war; aber der hätte diesen Blick vermieden. Er würde jetzt das Kaufhaus durch einen anderen Ausgang verlassen. Erleichtert trat er ins Freie.

Dann kam erneut der Zweifel: Hatte er ihn wirklich abgeschüttelt? Er ging auf eine U-Bahn-Station zu. Der Bahnsteig war voll mit Menschen. Er stieg in den nächsten Zug ein. Im letzten Moment, als das Piepsen ankündigte, dass die Türen geschlossen würden, sprang er heraus. An der benachbarten Tür seines Waggons tat ein Mann dasselbe. Er hätte fast ein Doppelgänger sein können: um die 40, mittelgroß, schlank, dunkle Haare, Brille. Ob er das war? Alexejev ging auf die Rolltreppe zu. Dann bückte er sich, wie um seinen Schuh zuzubinden und ließ dadurch seinen Schatten aufschließen. Unmittelbar vor der Rolltreppe trat er zur Seite und ließ ihm mit einer höflichen Geste den Vortritt. Der andere vermied es, ihn anzusehen und ging an ihm vorbei. In diesem Moment war Alexejev sich sicher, dass er seinen Verfolger gestellt hatte. Nun endlich hatte sein Schatten ein Gesicht, und nun regte sich neben der Angst die Wut. Er blieb ihm jetzt selbst dicht auf den Fersen. Der Doppelgänger beschleunigte seinen Schritt.

Shirinov blieb an einem Schaufenster stehen und betrachtete scheinbar interessiert die ausgelegten Bücher. Er verfluchte zum wiederholten Mal, dass er sich auf den Handel eingelassen hatte. Er hasste Gewalt, dazu hatte er selbst zu viel erlebt. Aber sie hatten ihn in der Hand. Sobald er sein Heimatland betrat, würde er sonst verhaftet und wegen irgendeines Verbrechens verurteilt werden. Die Beweise hätte die Geheimpolizei mühelos konstruiert, sie wären wasserdicht gewesen. Darauf verstanden sie sich. Er wäre für Jahre ins Gefängnis gewandert. Seine Frau hätte wahrscheinlich nicht einmal erfahren, wo. Also machte er den Job.

Shirinov wusste, dass er vor allem nicht auffallen durfte. Er musste in der Menge untertauchen, gesichtslos, unterschiedslos, einer unter vielen. Und niemals einen Blickkontakt mit der Zielperson zulassen.

Sie waren jetzt in eine belebte Straße gelangt, sodass Shirinov den Abstand vermindern musste, um sein Ziel nicht im Gewühl zu verlieren. Die Zielperson steuerte in ein Kaufhaus. Alter Trick, aber ziemlich dumm. Shirinov zündete sich eine Zigarette an und wartete in einiger Entfernung, von wo aus er beide Ausgänge des Eckhauses überblicken konnte. Er fragte sich, was seine Auftraggeber von diesem Menschen wollten. Welches Geheimnis er bei sich trug, und weshalb sie in jedem Fall verhindern wollten, dass er jemals wieder den Mund öffnete. Er sah ihm ja sogar ähnlich, sie hätten Brüder sein können.

Sein Opfer verließ nach wenigen Minuten eilig das Kaufhaus durch den zweiten Ausgang und betrat eine U-Bahn-Station. Shirinov wusste, was nun kommen würde. Er folgte ihm in eine U-Bahn und schaffte es im letzten Moment, als die Türen sich schon zu schließen begannen, sich wieder nach draußen zu quetschen. Nun war der Bahnsteig leer bis auf wenige Menschen. Kurz vor der Rolltreppe passierte es dann. Er musste ihn überholen, sonst wäre es aufgefallen, dass er ihm folgte. Für einen kurzen Moment standen sie sich direkt gegenüber. In diesem Augenblick wusste Shirinov, dass er verloren hatte. Er war entdeckt. Das Überraschungsmoment war dahin. Er wusste, dass sein Opfer, wie er selbst, Jahre in der Rebellenarmee gekämpft hatte. Nun hatten sie gleiche Chancen. Und er war der Verfolgte.

Er beschleunigte seinen Schritt und steuerte in einen verlassenen Fabrikhof. Dann blieb er stehen und wandte sich zu seinem Verfolger um. Shirinov spürte die Angst seines Gegenübers und seine eigene. Er umklammerte den schweren Gegenstand in seiner Manteltasche. Für die Dauer einiger Herzschläge standen sich die beiden Männer gegenüber. Dann streckte der andere die Hand aus.

Der Mann, der den beiden gefolgt war, blieb im Schatten des Toreingangs. Er schrieb später in seinem Bericht, dass die beiden Männer einige Minuten halblaut in ihrer Landessprache miteinander redeten und sich dann trennten. Die männliche Leiche, die zwei Wochen später flussabwärts angeschwemmt wurde, war etwa vierzig Jahre alt. Der Mann trug keinerlei Papiere bei sich. Man nahm zunächst an, dass er ertrunken war. Die Obduktion ergab als Todesursache jedoch massive stumpfe Gewalteinwirkung im Bereich des Schädels. Der genetische Fingerabdruck war nicht registriert. Es ging auch in den folgenden Wochen keine Vermisstenmeldung ein, sodass der Fall zu den Akten genommen wurde.

Stadt in Angst

Die Stadt, die da in der dunklen Ebene vor ihm lag, war vollkommen still. Und sie war sehr dunkel, die Stadt, bis auf die Straßenbeleuchtung. Um diese Jahreszeit hatte sie sich früher mit Lichterglanz geschmückt und ihm auch im tiefsten Winter noch Wärme und Geborgenheit gegeben.

Philipp ließ den Wald hinter sich, folgte dem Pfad abwärts und erreichte die ersten Ausläufer der Stadt. Die Schaufenster waren dunkel, und in den Wohnetagen darüber war nur hier und da ein Fenster erleuchtet. Manchmal sah er ein blasses Gesicht hinter einer Fensterscheibe, das sich aber sogleich zurückzog, wenn er in seine Richtung schaute. Die Straßen waren menschenleer, und in vielen war die Schneedecke unberührt, obwohl der letzte Schneefall schon Tage zurücklag. Mehrmals glaubte er, Schritte hinter sich zu hören.

Auch um den Rathausplatz standen die Häuser stumm und dunkel. Philipp hatte auch nicht erwartet, jetzt einen Weihnachtsbaum vorzufinden. In der Mitte des Platzes, inmitten einiger Bäume, stand ein Denkmal. Er hatte sich nie darum gekümmert, wen es darstellte, einen Heiligen oder einen Heerführer. Jetzt war es zu dunkel, um die Inschrift auf dem Sockel zu lesen. In früheren Jahren war um diese Jahreszeit der Platz mit Buden gefüllt, in denen es Weihnachtsplätzchen, Glühwein und Christbaumschmuck gab. Die Bäume waren mit Lichterketten geschmückt gewesen, und gelegentlich hatte auch der Kopf des Denkmals eine Lichterkette abbekommen.

Während Philipp seiner Erinnerung nachhing, trat der Mond hinter den Wolken hervor. Philipp trat einige Schritte zur Seite, sodass der Mond hinter den Kopf der Steinfigur trat und ihn mit einem Strahlenkranz versah. Im Weitergehen sah er unter den Arkaden des Rathauses eine Gestalt. Es war ein Junge, er hockte auf dem Boden und hatte die Arme um die Beine geschlungen. Einer plötzlichen Eingebung folgend holte Philipp ein Stück Brot aus seinem Rucksack und hielt es ihm hin. Der Junge sprang auf, bedankte sich mit einem Kopfnicken und biss sofort hinein. Philipp deutete auf einige Pappdeckel, die unter den Arkaden lagen.

„Dein Schlafplatz?", fragte er. Der Junge nickte.

„Vielleicht finden wir was Besseres", sagte Philipp.

Der Junge zögerte kurz, dann folgte er Philipp. Vom Ende der Straße hörten sie Männerstimmen und Schritte wie von schweren Stiefeln. Der Junge zog ihn in eine dunkle Toreinfahrt. Philipps Lippen formten die stumme Frage „Warum?" Statt einer Antwort legte der Junge einen Finger auf den Mund. Als die Schritte vorbei waren, sagte der Junge: „Miliz. Nehmen Leute mit."

„Warum?", fragte Philipp erneut.

„Oleg kann erklären", sagte der Junge. Er sprach mit einem östlichen Akzent.

„Und wo ist Oleg?", fragte Philipp.

Der Junge zeigte in Richtung des Bahnhofsviertels. Sie setzten sich in Bewegung. Philipp hörte die Musik – eine Fuge – schon bevor sie die Unterführung betraten.

Im Halbdunkel sah er auf einem Schemel eine Gestalt mit einem Akkordeon. Es tönte mächtig wie eine Orgel, und in dem langen Betongang hallte es wie in einem Kirchenschiff.

Sie blieben stehen. Philipp hörte gebannt zu und verstand mit einem Mal die zwingende Logik, der die Stimmen der Fuge auf ihren komplizierten Wegen umeinander gehorchten, um sich am Ende doch auf einem gemeinsamen, versöhnlichen Schlussakkord zu vereinigen. Der Spieler ließ das Akkordeon sinken, ein älterer Mann mit schütteren, grauen Haaren, der durch dicke Brillengläser zu ihnen emporblickte. Er begrüßte den Jungen wie einen guten Bekannten. Dann wandte er sich an Philipp.

„Auf der Durchreise?", fragte er.

„Auf der Heimreise", antwortete Philipp.

Der Mann schaute ihn einen Moment nachdenklich an, und Philipp erwartete eine weitere Frage. Als die nicht kam, fragte er selbst:

„Was ist los in dieser Stadt?"

„Die Seuche ...", sagte der Akkordeonspieler, „ ... und die Angst. Vor allem die Angst."

„Vor der Miliz?"

„Angst ist wie Seuche. Steckt an. Leute wissen nicht mehr, wovor."

„Und Sie?"

„Keine Angst. Wovor? Wir haben alle unsere Zeit." Er besann sich kurz und begann dann mit einem Stück, das an eine feierliche Ouvertüre erinnerte.

Sie gingen weiter. Philipps Elternhaus lag am westlichen Ortsrand der Stadt inmitten eines kleinen Gartens. Es war dunkel, so wie alle anderen Häuser in der Straße, und Philipp sah mit Schrecken, dass eine Scheibe im Erdgeschoss eingeschlagen war. Die Haustür war verschlossen. Er hatte kaum erwartet, seine Eltern hier zu finden. Aber was war aus ihnen geworden? Geflohen? Verhaftet? An andere Möglichkeiten mochte er nicht denken.

„Das war's dann", sagte er zu dem Jungen.

Der Junge ging zu dem Fenster und sagte: „Hilf mir."

Philipp machte ihm eine Räuberleiter, und der Junge griff vorsichtig über die Glaszacken im Fensterrahmen, öffnete das Fenster und kletterte ins Innere.

„Am Kleiderhaken hängt ein Schlüssel!", rief Philipp ihm hinterher. Hoffentlich noch, ergänzte er im Stillen. Einen Augenblick später schloss der Junge die Tür auf. Das Haus war unberührt, so als ob die Eltern es gerade erst verlassen hätten. Der Strom war abgeschaltet. Philipp tastete sich zum Küchenschrank vor, fand zwei Kerzen und zündete sie an. Auf dem Tisch lag eine zwei Wochen alte Zeitung.

Durch das zerbrochene Fenster wehte das Geräusch eines hochtourig fahrenden Autos herein. Der Junge löschte schnell die Kerzen. Aber zu spät. Der Wagen hielt vor dem Haus, und jemand schlug mit der Faust an die Tür. Philipp öffnete zögernd. Der Mann trug eine Baseballkappe und eine Armeejacke. An seiner Schulter hing lässig eine Maschinenpistole.

„Mitkommen!", schnappte er.

In diesem Moment bekam der Junge einen heftigen Hustenanfall. Zwischen den Hustenstößen riss er wie in Todesangst die Augen auf und rang nach Luft. Der Bewaffnete wich drei Schritte zurück. Philipp warf die Tür zu und schloss ab. Der Hustenanfall endete so abrupt

wie er begonnen hatte. Durch das Küchenfenster beob-
achteten sie, wie der Bewaffnete in einen Pick-up stieg
und wegfuhr. Sie zündeten die Kerzen wieder an. Der Junge grinste.

„Hat auch Angst!", sagte er.

Ein leisestes Geräusch kam von der offenen Küchentür.
Dort stand eine Katze. Sie reckte den Schwanz zur Begrü-
ßung in die Luft und sprang Philipp auf den Schoß.

„Sie kennt Sie?", fragte der Junge.

„Ja, sie kennt mich. Das ist unsere Katze."

„War unsere Katze", setzte er nach einem Augenblick
hinzu und dachte daran, wie sie auf seinem Schoß die er-
lösende Injektion empfangen hatte. Noch bevor er über
das Wiedersehen erschrecken konnte und darüber, was
es bedeuten musste, kam eine tiefe Ruhe über ihn. So wie
jetzt hatte sie ihn oft abgeholt, wenn er im Heimkommen
durch das Gartentörchen trat – als ob sie auf ihn gewartet
hätte.

Wieder klopfte es an der Tür, dieses Mal vorsichtig, fast
fragend. Sie hatten kein Motorengeräusch gehört. Philipp
nahm die Katze auf den Arm.

„Wir haben hier keine Bleibe", sagte er – mehr zu sich
selbst und zu der Katze, aber auch der Junge stand auf und
folgte ihm. Philipp öffnete die Tür, diesmal ohne Furcht,
und sagte:

„Wir sind bereit."

Einsam

Nein, einsam bin ich nicht. Auf keinen Fall. Ich habe auf Facebook 195 Freunde, und ich bin natürlich bei Tinder aktiv. In den letzten zwei Jahren hat Tinder mir zu sechs Beziehungen verholfen. Bis auf eine habe ich sie auch selbst wieder beendet. Die eine, das war Patricia. Sie sah wirklich toll aus, war schlagfertig und selbstbewusst. Ich hatte ihr auf der Fahrt zu meiner Wohnung erklärt, dass ohne Sex bei mir gar nichts läuft. Sie hat erst mal die Augenbrauen hochgezogen und gar nichts gesagt. Dann, als sie meine Penthouse-Wohnung mit Blick über die City sah, war sie hin und weg. Es lief auch ganz gut, aber am nächsten Morgen packte sie ihre Sachen und blockte mich auf Whatsapp. Das ärgert mich heute noch. Soll sie sehen, wo sie bleibt.

Vor fünf Monaten kam die Sache mit meiner Lunge. Ein Schatten, oder genauer, ein rundes Ding auf der linken Seite, unter dem Schlüsselbein. Da hatte ich zum ersten Mal das Gefühl, ich brauche jemanden, auf den ich mich verlassen kann. Der den Krebs mit mir durchsteht, mit dem ich reden kann. Und da lief mir Dora über den Weg. Sie arbeitet in einer Arztpraxis. Dora sah nicht so toll aus. So was wie eine graue Maus. Aber sie war solo, wie ich kurz darauf herausfand. Und ich wäre ein Sechser im Lotto für sie, da war ich sicher. Also fing ich was mit ihr an. Im Bett war sie gar nicht so schlecht. Dabei stellte ich fest, dass ich der Erste war, der sie besuchte. Irgendwann erzählte ich ihr auch von meinem Lungenkrebs. Sie zerfloss natürlich vor Mitgefühl und fing an, sich so um mich zu kümmern, dass es mir fast schon lästig war. Dann kam der Tag, an dem sich herausstellte, dass die Sache mit dem Lungenkrebs falscher Alarm gewesen war. „Ein Hamartom", sagte der Chirurg nach der Operation. Harmlos. Ich war natürlich unbeschreiblich erleichtert.

Das Problem war nur, dass Dora nun anfing, mir auf die Nerven zu gehen. Sie hatte feste Pläne, Familie gründen und so was. Wenn´s nicht nach ihrer Nase ging, heulte sie. Heulende Frauen, das ätzt mich an. Das war´s dann. Ich machte ihr klar, dass ich nun wieder allein sein will. Stimmte natürlich nicht ganz, denn inzwischen hatte ich Manuela kennengelernt. Ich habe Dora dann noch mal besucht, als sie nach ihrem Unfall im Krankenhaus lag. Das Zimmer war voll mit Besuchern, und sie lag mit geröteten Wangen lächelnd in der Mitte. Ich habe mich dann bald verabschiedet, weil Manuela draußen wartete. Einsam war sie jedenfalls nicht, die graue Maus. Fast beneidete ich sie, aber auch nur fast. Eine Familie engt einen doch kolossal ein. Und auch Freunde erheben irgendwann Ansprüche und als nächstes Forderungen. Aber ich brauche meine Freiheit.

Neulich habe ich nach einem Geschäftsessen eine Kollegin mit zu mir genommen, Jana. Aber sie ist vergeben, hat Mann und zwei Kinder, und machte klar, dass sie keine Nebenbeziehung und keinen Seitensprung braucht. Als ich ihr erzählte, dass ich gerade mal wieder solo bin, sagte sie:

„Schaff dir doch eine Katze an!"

Aber eine Katze in einer Penthouse-Wohnung? Unmöglich. Dann müsste ich aufs Dorf ziehen, und dann gibt's Nachbarn, die gucken, was man macht. Und dann Schwätzchen über den Gartenzaun halten müssen? Nein, danke.

Ich habe mich gefragt, wie ich die optimale Frau fnde. Bei meinen Eltern war es Zufall. Sie haben sich bei einem Zugunglück kennengelernt. Meine Mutter war eingeklemmt. Mein Vater hatte den Arm gebrochen, aber er harrte bei ihr aus, bis man sie herausgeschnitten hatte. Danach sind sie zusammengeblieben.

Meine Mutter ist vor drei Monaten gestorben. Ich war in einem Meeting, als das Krankenhaus anrief und blaffte in das Telefon: „Warum haben Sie mich nicht rechtzeitig verständigt?" Der Arzt schoss zurück: „Ich habe Sie gestern informiert, dass wir die Therapie abbrechen. Normalerweise kommen Angehörige dann und sind dabei, wenn jemand stirbt." Ich legte wütend auf. Einsam sterben, nicht schön. Andererseits, sie war dement, wahrscheinlich hätte sie mich sowieso nicht erkannt. Mein Vater war schon vor Jahren gestorben, und sie war bis zuletzt bei ihm gewesen.

Ich habe jetzt mein Profil bei Tinder geändert, um mehr Vorschläge zu bekommen. Heute sind es zweiunddreißig. Ich habe mir einen guten Rotwein eingeschenkt, mich auf die Terrasse gesetzt und die Anfragen durchgeblättert: Die guten nach rechts gewischt, die schlechten nach links. Sechs waren dann noch übrig. Aber es passte wieder mal keine so richtig. Elena trug eine ziemlich dicke Brille. Na ja, immerhin ehrlich, dass sie sie nicht versteckte. Laura hatte definitiv ein paar Kilo zu viel. Birgit – nee, so ein Vorname aus dem letzten Jahrhundert, das kann nix sein.

Marion, das gleiche. Kerstin: Kurzhaarfrisur, wahrscheinlich eine Emanze. Und Olga – o Gott, wahrscheinlich aus Russland.

Es sieht so aus, als ob ich wieder mal niemanden finde. Oder – Moment mal, ich habe eine Idee. Wenn meine Eltern das Schicksal zusammengeführt hat, warum soll das bei mir nicht auch funktionieren. Ich nehme die Einengung auf den Regionalbereich aus meinem Profil heraus. Erfolg: 97 passende Profile. Und jetzt rufe ich Dorothee an, mit der ich bis vor 3 Wochen zusammen war, sie muss mir eine Zahl zwischen 1 und 97 nennen. Die ist's dann. Die nehm ich, koste es, was es wolle.

„56", sagt sie ...

Nr. 56, mal sehen ... Ogottogott ...

Exit

Es dauerte gefühlt endlos, bis sie ihn zum Verhör holten. Auf dem Weg versuchte er herauszubekommen, wo er war. Die Fenster waren zwar mit Gittern gesichert, aber das Ganze sah nicht aus wie ein Gefängnis. Draußen lag in der brütenden Hitze eine Vorstadt mit niedrigen Häusern und Baracken. Der Uniformierte schubste ihn in ein fensterloses Zimmer mit einem Tisch und zwei Stühlen. Kurz danach trat ein Offizier ein, nach seinen Schulterstücken zu urteilen etwas Höherrangiges. Sein Englisch hatte einen heftigen arabischen Akzent.

„Herr Urban, Sie haben sich verdächtig gemacht. Wir vermuten, dass Sie Informationen gesammelt haben. Wer sind ihre Hintermänner? Wer hat Sie beauftragt?"

Urban gab die Antwort, die man ihm eingeübt hatte. „Ich verstehe Sie nicht. Ich bin Geschäftsmann. Ich werde hier widerrechtlich festgehalten. Sie können sich in Deutschland nach mir erkundigen. Ich verlange einen Vertreter der deutschen Botschaft zu sprechen."

Der andere ignorierte seinen Protest. „Wir werden Ihnen das beweisen. Einfacher wäre es, wenn Sie mit uns kooperieren. Sie sind mit ihrer Frau hier, nicht wahr?"

Das stimmte leider. Bei der Vorbereitung des Einsatzes hatte der Führungsoffizier, er wollte Prospero genannt werden, die Idee gehabt, dass ein Ehepaar unverdächtiger wäre als ein Alleinreisender. Urban verfluchte ihn dafür im Stillen. Zu allem Unglück hatte

95

Maya darauf bestanden, ihn selbst zu begleiten, auch wenn sie über seinen Auftrag nichts wusste.

Der Uniformierte wiederholte: „Nicht wahr?"

Ohne auf eine Antwort zu warten, setzte er hinzu: „Sie ist, sagen wir mal, in unserer Obhut. Wir möchten ihr ungern körperliche Unannehmlichkeiten zufügen, wenn Sie verstehen, was ich meine. Übrigens ist sie schwanger. Umso mehr dürfte es in Ihrem Interesse liegen, dass ihr nichts zustößt."

Urban schluckte trocken und kämpfte Angst und Wut herunter. Er hatte in der Nacht die Schreie gehört, von Männern und von Frauen. Er tastete unauffällig nach seinem Hosenbund, in den das kleine Briefchen mit 3 mg Nowitschok eingenäht war. Die Notbremse, hatte Prospero gesagt, besser als Folter. Aber was war mit Maya? War sie tatsächlich in ihrer Gewalt? Oder war das alles Bluff?

Der Uniformierte musterte ihn mit kühler Herablassung und wartete offenbar ab, dass er einen Fehler machte.

Prospero hatte ihm für diese Situation eine Technik empfohlen. Er nannte sie „Exit": Aussteigen, die Szene von oben betrachten und sie in Gedanken in der dritten Person und aus kühler Distanz niederschreiben. Urban versuchte es. Er sah auf das Verhörzimmer herunter: Ein Geheimdienstoffizier und ihm gegenüber ein übernächtigter, schwitzender, grauhaariger Mann in einem zerknitterten Anzug. Damit kam allmählich Ruhe über ihn.

Er lehnte sich zurück und sagte: „Ich kann Ihnen nicht mehr sagen."

Man führte ihn in seine Zelle zurück. Urban zerbrach sich den Kopf. Wie viel wussten sie? Wo war Maya? Kannten sie das Hotel, hatten sie das Hotelzimmer durchsucht? In jedem Fall musste er den Umschlag mit dem gesammelten Material da herausholen. Prospero wollte in einem verfallenen Haus einen Umschlag mit einer „Legende" deponieren: Unterlagen, die vorspiegelten, dass er im Nachbarland wegen Anstiftung zum Aufruhr gesucht wurde, und die sein verdächtiges Verhalten erklären würden. Die sollten sie in seinem Hotelzimmer finden, und dann würde man ihn und Maya kurzerhand über die Grenze abschieben.

Zwei Tage späte holte man ihn aus der Zelle, verband ihm die Augen und fuhr ihn längere Zeit in einem Auto herum. Dann nahm man ihm die Binde von den Augen und ließ ihn frei.

Er befand sich am Rande des Stadtzentrums. Urban machte sich keinerlei Illusionen darüber, dass er jetzt in Sicherheit sei. Offenbar wollten sie, dass er sie zu seinem Versteck führte. Er ging mehrere Stunden durch die verwinkelten Gassen der Altstadt, bis er glaubte, dass ihm niemand mehr folgte. Das verfallene Haus fand er mühelos wieder, hob eine bestimmte Bodenplatte an und erstarrte: Der Umschlag war weg! Jetzt hatte er nur noch eine Chance: Er musste das Nachrichtenmaterial so rasch wie möglich verschwinden lassen. Urban ließ alle Vorsichtsmaßnahmen fallen, hielt ein Taxi an und fuhr zum Hotel. Das Zimmer war leer; Maya war nicht da. Er zog die Schreibtischschublade heraus und fühlte nach dem Umschlag, der darunter klebte.

Urban hatte keine Überwachungskamera im Hotelzimmer gesehen. Aber es muss eine gegeben haben, denn in diesem Moment wurde die Tür aufgerissen, und vier Bewaffnete stürmten herein.

Zwei Stunden später saß er wieder im Verhörzimmer. Der Offizier schaute ihn triumphierend an.

„Schauen wir mal, was Sie da so sorgfältig versteckt haben." Mit großer Geste riss er den Umschlag auf und las. Sein Gesicht hellte sich auf.

„Ihr Name ist nicht Urban, sondern Özal. Und Sie werden in der Türkei mit Haftbefehl gesucht. Ihre Frau übrigens auch. Die Kollegen drüben werden sich freuen. Pech für Sie!"

Urban versuchte, seine Überraschung zu verbergen. Prospero hatte es tatsächlich in sein Hotelzimmer geschafft und den Umschlag ausgetauscht! Er nahm alles zurück, was er über ihn gedacht hatte.

Man brachte ihn zurück in seine Zelle. Urban ließ sich erleichtert auf die Pritsche sinken.

Viele Stunden später. Es war Zeit, die Exit-Erzählung in seinem Kopf zu beenden. Er notierte den Schlusssatz: „Urban ließ sich erleichtert auf die Pritsche sinken."

Die Anspannung hatte etwas nachgelassen. Zumindest die Erzählung hatte ein glückliches Ende genommen. Jetzt müsste sie nur noch wahr werden.

Der Gasmann

Der Gasmann unterrichtete Latein und Geschichte. Zu seinem Spitznamen kam er, weil er auf dem Flur stets in großer Eile, in leicht gebeugter Haltung, mit einer abgegriffenen Aktentasche unter dem Arm unterwegs war. Er erinnerte an die grauen Gestalten, die vierteljährlich in die Häuser kamen, um die Gasuhren abzulesen. Auf seinem Weg ließ er sich durch nichts ablenken; sein Blick war stets auf ein imaginäres Ziel gerichtet. In seinem schlecht sitzenden Anzug mit seiner ungeschickt geknoteten Krawatte wirkte er wie jemand, der aus der unmittelbaren Nachkriegszeit übrig geblieben ist. Er war schmal, geradezu verhärmt, und so farblos wie eine Blüte, die zwischen den Blättern eines Buches gepresst und dann für Jahrzehnte vergessen wurde. Selten sah man ihn auf dem Flur mit anderen Lehrern sprechen, und mit Schülern allenfalls dann, wenn er sie wegen irgendeiner Verfehlung zur Ordnung rief. Ich habe nie bei ihm Unterricht gehabt, aber es hieß immer, der sei genauso staubtrocken wie der Mann selbst.

Keiner von uns machte sich damals Gedanken darüber, ob dieser Mann auch ein Leben außerhalb der Schule hatte. Er war ja nur eine unter vielen skurrilen Lehrergestalten.

Jahre später begegnete ich ihm wieder. Ich machte als junger Medizinstudent mein Pflegepraktikum in der chirurgischen Abteilung des Krankenhauses. Er war vom Krebs gezeichnet. Man hatte seinen Bauch aufgemacht und gleich wieder zugemacht. Die Nase war noch spitzer als früher, und zum ersten Mal sah ich, dass er sanfte braune Augen hatte. Er konnte Darm und Blase nicht mehr kontrollieren. Wir mussten sein Bett frisch beziehen. Ich fragte mich, wie er, in seinen Ausscheidungen liegend, seine Würde bewahrte, aber ich bekam, wie üblich, auf Fragen an mich selbst keine Antwort. Ob er sich an mich erinnerte? Ich war ja nur ein Gesicht unter hunderten, und er hatte mich nie unterrichtet.

Spätestens jetzt begann ich, mich dafür zu interessieren, was für ein Leben er gehabt hatte. Hatte er gekämpft? Geliebt? Gelitten?

Er bekam keinen Besuch. Einmal gab es wenig auf der Station zu tun, und ich schob ihn in einem Rollstuhl auf den Balkon. Er holte tief Luft, es kam mir wie ein Aufatmen vor. Wir blickten eine Weile auf die Dächer der Stadt und keiner sprach. Dann nickte er mir lächelnd zu. Es war genug.

Nach zwei Wochen stand seine Verlegung in ein Pflegeheim an. Die Medizin konnte nichts mehr für ihn tun. Als ich noch einmal in sein Zimmer ging, holte er aus der Nachttischschublade ein schmales Buch mit Texten des römischen Philosophen Seneca und drückte es mir in die Hand.

Einige Wochen später las ich in der Lokalzeitung einen kurzen Nachruf auf ihn. Offenbar war er im Geschichtsverein tätig gewesen. Ich fand den Namen des Autors im Telefonbuch, rief ihn an und erfuhr mehr.

Der Gasmann war 1943 mehrmals wegen systemkritischer Äußerungen verhört worden. Einmal hatte er, während eine Hitler-Rede im Radio lief, kopfschüttelnd den

Raum verlassen. Er war dann aus dem Schuldienst entlassen worden und hatte die letzten zwei Kriegsjahre im Gefängnis verbracht. Als er nach Kriegsende wieder als Lehrer eingestellt wurde, hatten ihn viele der älteren Kollegen, die ihre Kompromisse mit dem System geschlossen hatten, gemieden.

Ich blätterte in dem Buch, das er mir gegeben hatte, und fand den Satz unterstrichen:

„Jeder ist in dem Grade elend, als er es zu sein glaubt."

So hatte er also Trost gefunden, der Gasmann. Und so seine Würde nicht verloren.

Der Mann am Fenster

Louisa war aus einem schweren, traumlosen Schlaf hochgetaucht. Ihr Kopf und ihre Glieder schmerzten, ihre Blase war voll. Sie musste viele Stunden gelegen haben.

Und jetzt stand da dieser Mann am Fenster, zu ihr gewendet: Mittelgroß, etwas füllig, Halbglatze. Alter undefinierbar. Sein Gesicht konnte sie gegen den hellen Hintergrund nicht genau sehen. Sie war auf einmal hellwach.

„Wer sind Sie und was machen Sie hier in meinem Zimmer?", fragte sie.

„Mein Name ist Gabriel, und ich tue hier meinen Job." Seine Stimme klang freundlich, beruhigend. Kein Vergewaltiger, dachte Louisa erleichtert.

„Gabriel – komischer Name", sagte sie.

„Nicht für einen Engel", sagte Gabriel.

„Nee, oder? – Und was ist Ihr Job, so, normalerweise?"

„Am liebsten verkünde ich frohe Botschaften. So wie damals bei den Hirten. Sie hatten eine Mordsangst, nicht weil ich da plötzlich auf ihrer Weide gelandet war, sondern weil sie einige der Schafe aus einer anderen Herde abgezweigt hatten und dachten, ich käme deswegen. Aber ich bin ja nicht die Polizei. Den Job haben wir an euch delegiert."

Mit einem Seufzen setzte er hinzu: „Aber meistens kümmere ich mich um Leute, die im größten Schlamassel ihres Lebens stecken. So wie du, meine gute Louisa."

Woher kennt er meinen Namen?, fragte sich Louisa. Sie begann sich zu erinnern. An die Stunden, die sie ziellos durch die Stadt gelaufen war. An die Brücke, auf der sie

102

gestanden hatte, aber wie sie dann doch weitergegangen war. An die Apothekerin, unter deren prüfendem Blick sie sich durchschaut gefühlt hatte, die ihr aber dann doch die Tabletten verkauft hatte. An die letzte einsame Stunde hier in ihrem Zimmer. An das Gefühl des Schwebens und die leichte Übelkeit, als die Tabletten zu wirken begannen.

Sie war etwas eingeschnappt, weil er ihre Lebenskrise auf den Begriff eines „Schlamassels" verkürzte. Aber sie versuchte, locker zu bleiben. Oder zumindest zu scheinen.

„Schlamassel – da hast du ja ziemlich viel zu tun, bei dem, was gerade auf der Welt abgeht. Wie schaffst du das?", fragte sie ironisch.

„Ich bin ja nicht allein. Außerdem setzen wir jede Menge Hilfskräfte ein. Wir schicken den Freund, der an der entscheidenden Stelle die richtige Frage stellt. Oder auch mal eine Katze, die bei der einsamen Frau vor der Tür sitzt und ein neues Zuhause sucht. Die einfachste Variante ist der Was-weiß-ich-Wer, der im richtigen Moment an der Tür klingelt. Wenn nötig auch zweimal."

„Ich glaube nicht an Engel und an dieses ganze Religions-Ding", sagte Louisa schroff.

Daran ändert auch dieser komische Gabriel nichts, setzte sie im Stillen hinzu.

In seiner Stimme klang ein unterschwelliges Kichern mit, als er sagte: „Da bist du in guter Gesellschaft! Ungefähr die Hälfte der Menschheit. Spielt allerdings keine Rolle."

„Wie bitte??"

„Anweisung vom Chef: Keine Diskriminierung. Wir kümmern uns auch um eingefleischte Atheisten. Ist nur manchmal etwas schwieriger. Sie dürfen´s nicht merken."

„Hättest du nicht ein bisschen früher kommen können? So vor drei Monaten? Als das alles noch nicht passiert war?", fragte sie provozierend und jetzt doch halb im Ernst. Vor drei Monaten hatte sie die Brücken zu ihrem bisherigen Leben abgebrochen: Zu ihren Eltern, zu ihrem Freund. Und war aus dem verschlafenen Nest in die große Stadt gezogen. Sie hatte alles hinter sich gelassen, was sie einengte. Wollte ein neues Leben in völliger Freiheit beginnen. Aber das war alles so gründlich schiefgegangen.

„Wir sind nicht dazu da, euch vor den Folgen zu bewahren, wenn ihr etwas entschieden habt", sagte Gabriel, und jetzt klang er etwas oberlehrerhaft. „Das wäre ja Leben wie im Kindergarten. Und die Freiheit, auf die ihr so stolz seid, wäre ein riesiger Schwindel, weil wir euch letztes Endes doch das Steuer aus der Hand nehmen. Das ist nicht der Plan."

„Sondern, was ist der Plan?"

„Euch im entscheidenden Moment einen kleinen Schubs zu geben, der eure Richtung ändert. Oder auch, wenn´s gar nicht anders geht, euch auf dem Weg hinaus aus dieser Welt zu begleiten."

Louisa dachte an die Tabletten, und jetzt meinte sie die Frage ernst: „Lebe ich denn noch?"

„Teils-teils", antwortete Gabriel. „Das, was an dir schmerzt, dein Kopf, deine Seele, ist noch am Leben. Aber gleichzeitig bist du auf dem Weg nach draußen. Sonst würdest du mich nicht sehen und mit mir reden."

„Und was ist der Plan mit mir ?", fragte Louisa.

„Moment mal, du machst hier die Pläne!", sagte Gabriel. „Im Übrigen könntest du dich ein bisschen zurechtmachen. Wenn jetzt jemand käme ..."

Louisa sah sich im Spiegel an. Er hatte Recht. In diesem Moment erklang aus seiner Hosentasche der Choral „Vom Himmel hoch, da komm ich her."

„Mein Handy", sagte er entschuldigend. Er blickte auf das Display. „Mein nächster Einsatz."

Louisa ging ins Bad, kämmte sich und wusch sich das Gesicht. Als sie zurückkam, war Gabriel verschwunden. Es klingelte an der Tür. „Das ist jetzt nicht wahr, oder?", sagte Louisa. Wie um ihr zu widersprechen, klingelte es ein zweites Mal. Sie ging zur Tür.

Als die Frauen die Geduld verloren

Nach den verheerenden Kriegen und Umweltzerstörungen des 20. und 21. Jahrhunderts kam die Menschheit zu der Einsicht, dass es so nicht mehr weitergeht. Mahnende Stimmen hatten das zwar schon seit langem gesagt, aber sie hatten sich nicht durchsetzen können. Das lag vor allem daran, dass eine wesentliche Einsicht bis dato gefehlt hatte.

Die schwedische UN-Generalsekretärin Inga Lundgren brachte es erstmals in einer UNO-Vollversammlung auf den Punkt: Dass die Welt nun kurz vor dem Abgrund stand, war im Wesentlichen ihren männlichen Bewohnern zuzuschreiben. Zwar erhob sich in der Vollversammlung, die immer noch teilweise männlich besetzt war, zunächst ein Sturm der Entrüstung. Aber die Generalsekretärin wusste ihre Ansicht so bestechend zu begründen und mit Zahlen zu belegen, dass es immer ruhiger im Saal wurde. Sämtliche Kriege des 20. und 21. Jahrhunderts waren von Männern angezettelt worden, auch zu einer Zeit, als im 21. Jahrhundert bereits viele Staaten von Frauen geleitet wurden. Es hatte zwar eine zunehmende Anzahl von Frauen mitgekämpft, aber nur, weil sie mitkämpfen mussten. Gewaltverbrechen wie Mord, Raub, Vergewaltigung wurden zu über neunzig Prozent von Männern verübt. Auch religiöser Fanatismus und Terrorismus waren fast ausschließlich männliche Spezialitäten. Die Umweltzerstörung durch die Raserei tonnenschwerer PS-starker Automobile war begründet im männlichen Dominanzverhalten. Frau Lundgren zitierte eine vielbeachtete historische Studie, nach der Frauen in der Geschichte, die Gewalt einsetzten, das stets in einem von männlicher Dominanz geprägten Umfeld getan hatten, und die somit belegte, dass diese Gewalt defensiver Natur gewesen war. Die Herrscherinnen hatten also letztendlich nur auf das Verhalten ihrer männlichen Konkurrenten reagiert. Als typisch weiblich denunzierte Mittel wie Intrige und Giftmord waren fast immer aus einer Position der Unterlegenheit heraus angewendet worden.

Es brauchte etwa zwei Jahrzehnte, bis sich die Sicht von Frau Lundgren allmählich durchsetzte. Ein langer schmerzhafter Prozess, der nicht erfolgreich verlaufen wäre, wenn nicht auch viele Männer ihr im Grunde ihres Herzens recht gegeben und sie unterstützt hätten. Die nachfolgende Transformation der Gesellschaften weltweit ging als *Rosarote Revolution* in die Geschichte ein. Wie bei jeder Revolution gab es auch Verlierer und Unzufriedene, aber es gehörte zum neuen Stil des Umgangs miteinander, dass mit ihnen gewaltlos verfahren wurde.

Man begann, Männer in abgeschlossenen Gemeinschaften zu isolieren, sogenannten „confined communities" oder ConComs. Es handelte sich dabei um reine Wohnviertel, die keine eigenen landwirtschaftlichen oder industriellen Produktionsmöglichkeiten hatten und daher vollkommen auf das Umland angewiesen waren. Die Bewohner wurden als „confined persons" (CP) bezeichnet, im Gegensatz zu den Bewohnerinnen der freien Welt, den „non-confined persons" (NCP). Trotz dieser Abgrenzung, aber vielleicht auch gerade dadurch, entspannte sich das

Verhältnis der Geschlechter. Das machte sich vor allem im soziokulturellen Bereich bemerkbar. Der Feminismus war Teil der Staatsraison geworden, und wenn gelegentlich aus den ConComs sexistische Inhalte herüberschwappten, wurden sie aus der Position einer gesicherten weiblichen Überlegenheit heraus nur mehr milde belächelt.

Die Grenzen der ConComs wurden scharf bewacht. Da es den Bewohnern an nichts – außer Frauen – fehlte, waren Ausbruchsversuche selten und organisierte Aufstände die Ausnahme. Die letzteren wurden allerdings von staatlicher Seite mit allen erforderlichen Mitteln zurückgeschlagen.

Nicht alle Männer wurden auf diese Weise isoliert. Wer über herausragende Fähigkeiten, hohe Sozialkompetenz oder ein überaus gewinnendes Wesen verfügte, durfte nach Durchlaufen eines standardisierten mehrwöchigen Prüfungsverfahrens die ConCom verlassen und ein normales Leben führen, in einzelnen Fällen sogar in Führungspositionen aufsteigen. Dieses Privileg wurde jedoch nie auf Lebenszeit vergeben. Wer im freien Teil der Welt wieder in überholte männliche Verhaltensweisen zurückfiel, wurde in seine ConCom zurückgeschickt.

Die Absonderung der Männer war nur möglich, weil es in der Zwischenzeit gelungen war, die Zahl der männlichen Nachkommen auf unter fünf Prozent zu reduzieren. Über die genaue Organisation der Reproduktion wird weiter unten noch zu berichten sein.

Die Welt wurde allmählich immer weiblicher, und auch heterosexuelle Frauen entdecken zunehmend, dass Frauen im Bett nicht nur besser rochen und sich weicher anfühlten, sondern auch die Sprache der Körper besser beherrschten. Da alle Arbeiten, die traditionell von Männern ausgeführt wurden, genauso von Frauen, gegebenenfalls mit der Hilfe von Maschinen, geleistet werden konnten, gab es keinen Einbruch in der Weltwirtschaft.

Wie sah nun das Leben in den confined communities aus? Die Bewohner wurden von der Außenwelt mit allem versorgt, was sie zum Leben brauchten. Sie wurden ermutigt, Strukturen der Selbstverwaltung aufzubauen. Dazu wurden ihnen juristische und organisatorische Hilfsmittel angeboten. Wenn ihnen das nicht gelang, ließ man es aber dabei bewenden.

Die Communities entwickelten sich höchst unterschiedlich. In den meisten herrschte gepflegte Langeweile. Manche wurden im Verlauf einiger Jahre zu Hippie-Kommunen, andere zu Nazi-Staaten. Die Regionalregierungen ließen sie gewähren, solange keine Ausbruchsversuche stattfanden. Manche entwickelten sich, ähnlich wie Klöster im Mittelalter, zu hochgeachteten Zentren der Gelehrsamkeit, die dann auch mit dem Umland in einen für beide Seiten befruchtenden Austausch traten.

Ein großes Problem war anfangs die Kanalisierung der Aggressivität. Hier zog man Lehren aus den Erfahrungen mit Fußballspielen im 20. und beginnenden 21. Jahrhundert. Gewaltbereite Männer hatten die Spiele immer wieder zum Anlass genommen, sich in ihrem Umfeld zu prügeln. Die weitsichtige Regionalregierung der Provinz Nordwesteuropa entdeckte nun, dass es dazu gar keiner Fußballspiele bedurfte. Die Mitglieder der ConComs fanden sich in großen Stadien zusammen, in denen zunächst zwei Gruppen aus je 11 Männern, angefeuert von den Rängen, aufeinander losgingen und sich gegenseitig verprügelten. Das Benutzen von Waffen war streng verboten, und wer am Boden lag, musste in Ruhe gelassen werden. Es gab zunächst auch Schiedsrichter, die jedoch oft als erste verprügelt wurden, sodass sich keine Freiwilligen mehr fanden. Nach Ablauf der Spielzeit von zweimal 45 Minuten durften die Zuschauer von den Rängen in die Mitte des Stadions steigen, und es entwickelte sich dort eine Massenschlägerei. Die ging über mehrere Stunden, bis dann eine Lautsprecherdurchsage verkündete, dass es nun Zeit sei, nach Hause zu gehen.

Nahm die Gewalt in einer der Communities überhand, wurde zunächst versucht, durch ökonomischen Druck, sprich durch Einschränkung der Versorgung mit Alkohol und Zigaretten, Wohlverhalten zu erzwingen. Aber letzten Endes war man in der Staatsführung der Ansicht, dass die Männer für ihr Verhalten selbst verantwortlich seien. Es kam also in seltenen Fällen auch dazu, dass die Bewohner sich gegenseitig niedermetzelten und die auf diese Weise entvölkerten ConComs aufgegeben wurden.

Man hatte auch daran gedacht, ein ganzes Land als ConCom abzugrenzen. Deutschland hätte sich angeboten. Die Bewohner hätten weiterhin wie lebensmüde über die Autobahnen brettern können. Aber die Frauen weigerten sich, dieses zwar gebeutelte, aber immer noch schöne Land ganz den Männern zu überlassen, und es hätte auch riesiger Umsiedlungsaktionen bedurft, um sämtliche Männer Europas dort unterzubringen.

Ein weiteres Problem lag darin begründet, dass es in den Communities natürlich keine Frauen gab. Ein entsprechender Stau baute sich bei den Bewohnern auf. Für dieses Problem gab es lange keine befriedigende Lösung. Die industrielle Produktion von weiblichen Androiden lief erst langsam an.

Wie erreichte man nun, dass die Menschheit nicht gänzlich von der Erde verschwand und sie immer weiblicher wurde?

Die Bewohner der ConComs waren aufgerufen, an entsprechenden Abgabestellen Sperma abzugeben, was auch gut entlohnt wurde. Mittels Genom-Sequenzierung wurde nach Genen gefahndet, die in Zusammenhang mit expansivem oder aggressivem Verhalten standen. Diese Proben wurden dann verworfen. Nebenbei konnte man auf diese Weise auch noch eine Vielzahl von Erbkrankheiten von der Fortpflanzung ausschließen. Die verbliebenen Proben wurden mit einem speziellen immunologischen Verfahren behandelt, das Spermien, die das Y-Chromosom trugen, also solche, die bei Verschmelzen mit der Eizelle einen männlichen Embryo hervorgebracht hätten, großenteils inaktivierte. Die verbliebenen Spermaproben wurden dann zur künstlichen Befruchtung benutzt. Manche Frauen machten sich Sorgen, dass man mit diesen Maßnahmen in die Evolution eingreifen und auf Dauer immer weniger durchsetzungsfähige Individuen erzeugen würde. Man übersah dabei, dass Erfolg in einem hochzivilisierten Umfeld nicht mehr auf Kraft und Aggressivität, sondern vor allem auf sozialer Kompetenz beruht.

Kinder wurden bis zum Beginn des Schulalters im weiblichen Teil der Welt betreut. Danach fand eine erste und nach Erreichen des 18. Lebensjahres eine endgültige Selektion statt, die darüber entschied, wo sie ihr weiteres Leben verbringen würden. Üblicherweise gab es etwa bei jedem zehnten Jungen berechtigte Hoffnung, dass er sich den Gesetzen des Umgangs, wie sie in der zivilisierten freien Welt herrschten, fügen würde. Natürlich waren die Einweisungen in eine ConCom keine Einbahnstraße. Jeder konnte sich später dafür bewerben, in die freie Welt überzutreten. Dazu musste er das Auswahlverfahren durchlaufen.

Es war nun nicht so, dass nach der *Rosaroten Revolution* nur noch Friede auf der Welt herrschte. Es gab weiterhin Interessenkonflikte, und es gab, wenn auch deutlich gemildert, Gegensätze zwischen Arm und Reich. Und natürlich war auch Imponiergehabe keine rein männliche Eigenschaft. Aber durch die fortschreitende Technisierung war man dahin gelangt, Kriege nur noch in unbevölkerten Landstrichen und durch Drohnen und erdgebundene Kampfmaschinen ausfechten zu lassen. Wer die Kriegsmaschinerie des Gegners auf diese Weise außer Gefecht gesetzt hatte, hatte gesiegt und brauchte sich nicht mehr an der Bevölkerung und der Infrastruktur des unterlegenen Landes zu vergreifen.

Was geschah aber nun mit der Liebe, jener Kraft, die seit Menschengedenken die Geschicke mitgelenkt und dabei Seligkeit und Schmerz gleichermaßen im Übermaß gespendet hatte?

In Liebesbeziehungen unter NCPs mischte sich der Staat nicht ein. Eine Frau, die einen CP-Mann liebte, konnte mit ihm allein zusammen für 3 Monate in ein Mini- Con-Com ziehen. Die meisten Frauen waren froh, wenn sie danach wieder aus ihrem Liebesgefängnis befreit wurden. Was danach geschah, wurde auf Einzelfallbasis geregelt.

Als Inga Lundgren am Ende eines langen, erfüllten Lebens auf die *Rosarote Revolution* zurückblickte, fragte sie sich, ob es irgendwann möglich sein würde, die Männer wieder von der Leine zu lassen. Sie war im Zweifel, und auch ihre Mitstreiterinnen waren pessimistisch.

Alle fanden: Falls überhaupt, sollte man sich damit sehr, sehr viel Zeit lassen.

Allah ist geduldig

Bassem hatte es schwer. Seine Deutschkenntnisse waren mäßig, und was immer er sagte, musste seinen Weg durch eine schlecht korrigierte Hasenscharte finden, sodass er obendrein nuschelte. Und auch auf der Station hatte er es nicht leicht. Schwester Agnes, die dort ein resolutes Regiment führte, hielt nicht viel von ihm. „Der hier blickt's einfach nicht!" war ihre stille Überzeugung, weswegen sie ihn nur zu einfachsten Tätigkeiten einteilte. Bassem durfte die Bettschüsseln leeren, den Ärzten Röntgenbilder hinterhertragen und Betten beziehen.

Daheim in Syrien hatte er seinerzeit eine Ausbildung zum Krankenpfleger begonnen, und sein Traum war, hier in Deutschland in eine Krankenpflegeschule aufgenommen zu werden. Derzeit rangierte er auf dem Stellenplan als Servicekraft und gab dem Personalleiter das angenehme Gefühl, etwas zur Integration von Flüchtlingen beigetragen zu haben.

Bassem musste sich viel Kritik anhören. Er wunderte sich im Stillen, wie viel Fehler man in Deutschland bei einfachen Tätigkeiten machen konnte. Er wurde immer vorsichtiger und zaghafter. Alles wäre noch schlimmer gewesen, wenn Oleg nicht gewesen wäre.

Oleg hatte immer gute Laune. Dabei war seine Situation auch nicht gerade einfach. Er lebte mit seiner alkoholkranken Mutter und zwei jüngeren Geschwistern in zwei Zimmern einer Hochhaussiedlung.

Oleg machte Bassem vor, dass man das Leben nicht zu ernst nehmen durfte. Seine Aufgabe war es, im Krankenhaus in einem Wagen Dinge von A nach B zu bringen. Den Wagen hatte er mit einer Glocke versehen, sodass man von Weitem hörte, wenn er nahte.

Er grüßte grundsätzlich jeden, wobei er den Gegrüßten großzügig Titel verlieh. Der junge Assistenzarzt wurde zum Professor befördert, die Reinigungskraft zur Frau Direktor. Niemand nahm ihn ernst, und niemand nahm es ihm übel.

Und dann war da noch Alina, die schöne, sanfte, rehäugige Alina. Sie hatte Abitur und machte ein Freiwilliges Soziales Jahr. Später wollte sie Medizin studieren. Bassem und Oleg, wenn sie in der Kantine zusammensaßen, entdeckten bald, dass sie beide für Alina schwärmten. Und irgendwie passierte es, dass sie mit der Zeit immer häufiger beim Mittagessen mit ihr zusammen in der Kantine saßen.

Als Alina eines Tages bei der Versorgung einer eiternden Wunde zuschaute, verließen sie die Kräfte. Sie verdrehte die Augen und wäre lautlos in sich zusammengesunken, wenn Bassem nicht zufällig gerade hinter ihr gestanden hätte. Er fing sie auf und bettete sie sanft auf den Boden. Als sie nach einigen Sekunden wieder zu sich kam, waren mehrere Gesichter über sie gebeugt, mehr oder weniger besorgt. Nur Bassems Gesicht hatte einen träumerischen Ausdruck angenommen, er spürte noch ihren Körper in seinen Armen. Während Arzt und Stationsschwester sich wieder der Wundversorgung zuwendeten, half er ihr vorsichtig auf die Beine und führte sie in die Stationsküche.

Dort brach Alina in Tränen aus. Wie sollte sie einmal Ärztin werden, wenn sie schon beim Anblick einer eiternden Wunde ohnmächtig wurde? Bassem war ratlos. Er verstand weder den Grund ihres Schwächeanfalls – auf seiner Flucht hatte er viel Schlimmeres gesehen – noch die Ursache ihrer Verzweiflung. Er hätte sie gerne getröstet, aber weswegen? Außerdem hatte er im Deutschkurs alles Mögliche, aber keine Trostworte gelernt. So begann er leise, ihr auf Arabisch zuzureden. Das sanfte, durch die Hasenscharte gedämpfte Nuscheln tat seine Wirkung: Sie spürte den Trost, obwohl sie kein Wort verstand. Nach einigen Minuten trocknete sie ihre Tränen ab, bedachte Bassem mit einem kurzen Lächeln und schloss sich wieder der Visite an.

Jetzt erst wurde ihm klar, was er getan hatte. Bassem war strenggläubig, und nun hatte er eine Frau berührt, ja umarmt, mit der er nicht verheiratet war. Er blieb am Küchentisch sitzen und bedeckte das Gesicht mit den Händen.

Draußen auf dem Flur lief Oleg vorbei. Er balancierte gerade elegant ein Paket Zellstoff auf den Fingerspitzen, schaute durch die halboffene Tür und erkannte, dass sein Freund Hilfe brauchte.

„Was ist los, Bassem?", fragte er.

Bassem erzählte in knappen Worten, was geschehen war.

Oleg stellte die naheliegende Frage: „Ja, hättest du sie fallen lassen sollen?"

„Du verstehst nicht", sagte Bassem gequält und erklärte es ihm.

Oleg hatte sich bis jetzt nicht mit interkulturellen Fragen beschäftigt. Seine eigenen Moralvorstellungen, die er zweifellos hatte, waren nie ins Licht seines Bewusstseins vorgedrungen. Er verstand gleichwohl, dass hier mit Beschwichtigungen nichts auszurichten war.

Bassem zog aus der unfreiwilligen Umarmung von Alina die denkbar unglücklichste Konsequenz: Er mied fortan jeden Kontakt zu ihr, schaute sie nicht einmal mehr an. Alina war verwirrt. „Was ist los mit Bassem?", fragte sie Oleg. Er klärte sie auf.

„Das gibt´s doch nicht!", sagte sie.

Oleg hatte schon seit Tagen überlegt, wie man das Eis zwischen den beiden brechen könnte. Es müsste irgendein Ereignis her, eine Notlage oder ähnliches, das Bassem dazu bringen würde, wieder mit Alina zu reden.

Nun passieren Notlagen ziemlich selten, und es war auch ungewiss, ob eine solche, wenn sie denn kam, von der richtigen Art sein würde. Man müsste, überlegte Oleg, ein bisschen nachhelfen. Und dazu brauchte er einen Komplizen.

Das war Emil, 150 kg schwer, Herzpatient. Oleg kannte ihn, weil sie sich oft im Döner-Laden trafen. Emil wurde eingeweiht.

Am folgenden Tag bekam Bassem von Schwester Agnes den Auftrag, mit Emil in die Röntgenabteilung zu gehen. Der Weg führte durch einen schummrigen Verbindungsgang zwischen zwei Gebäuden. In diesem Gang verkündete Emil plötzlich „Ich kann nicht mehr" und lehnte sich schwer auf Bassem. Zufällig (oder auch nicht zufällig) erschien in diesem Moment Alina. Bassem, ächzend unter Emils Gewicht, schrie: „Alina, hilf mir!" Sie eilte herbei und hakte Emil unter, der sich umgehend wieder von seinem Schwächeanfall erholte.

Oleg hatte richtig kalkuliert: Das Eis war gebrochen. Bassem traute sich wieder, mit Alina zu reden.

Dann kam die Corona-Pandemie. Bassem infizierte sich als einer der Ersten und wurde in Isolation auf sein Wohnheimzimmer geschickt. Alina und Oleg versorgten ihn abwechselnd mit dem, was er zum Leben brauchte, und versuchten, soweit es die Hygieneregeln erlaubten, seine Einsamkeit zu lindern.

All das ging an Bassem nicht spurlos vorüber. Früher war er der Überzeugung gewesen, dass die Ungläubigen samt und sonders der ewigen Verdammnis anheimfallen würden. Aber es gab gute Menschen hier! Und Allah war doch gerecht! Ob er den Propheten falsch verstanden hatte? Oder, schlimmer noch, hatte der etwa bei Allah nicht richtig hingehört? Bassem war verwirrt, und er spürte, dass er die Fragen noch einige Zeit mit sich herumtragen würde. Aber Allah war geduldig, da war er sicher.

Der Tod ist für die anderen

Der kalte Hochnebel hatte seit Tagen wie ein Leichentuch über der Stadt gelegen. Lohmann wischte ein Loch in die Eisblumen am Fenster. Die Bäume draußen im Park bogen sich unter dem Schnee. Sein Blick ging über die Dächer der Stadt. Auch drei Jahre nach Kriegsende gab es noch viele Ruinen. Hier und dort war in einem der unzerstörten Häuser ein Fenster trübe erleuchtet.

Lohmann kehrte an den Tisch zurück und ergriff den Federhalter. Aber der schwebte unschlüssig über dem Papier. „Über den Tod" solle er schreiben, hatte der Redakteur der Wochenzeitung gesagt. Damit habe er ja Erfahrung, hatte er süffisant hinzugesetzt. Er selbst war, während Lohmann in Russland war, wegen einer Kinderlähmung vom Kriegseinsatz verschont geblieben.

Der Mann hatte natürlich recht. Der Tod war ihm im Krieg oft genug begegnet. Einige Male hatte auch er selbst russischen Soldaten den Tod gebracht. Er hatte hernach weder Genugtuung noch Reue empfunden. Es war immer der Tod für die anderen gewesen, sodass sich bei ihm selbst mit der Zeit – unsinnig genug – ein Gefühl der Unverwundbarkeit eingestellt hatte.

Lohmann hatte es immer überflüssig gefunden, dem Tod eine Gestalt zu geben. Er dachte an den Totentanz in der Kapelle des Alten Friedhofs. Eine Serie von Bildern, ungelenk gemalt, aber unmissverständlich. Was für ein Unsinn. Er ging erneut zum Fenster. An der Straße stand eine schwarz gekleidete Gestalt und blickte zu ihm empor.

Er würde nie auf den Gedanken kommen, in so einer Erscheinung den Tod zu sehen.

Nein, der Tod war nicht sein Thema. Er würde über etwas anderes schreiben: Befreiung. Nicht nur die Befreiung von der Gewaltherrschaft, sondern von aller Herrschaft, auch über die Seelen. Lohmann ergriff den Federhalter. Die Gedanken flogen ihm nur so zu. Anzufangen war mit der Religion. Sie hatte die Menschen seit Jahrhunderten in Knechtschaft gehalten. Ihr galt es als Erstes den Kampf anzusagen. Dann dem Marxismus und dem Nationalsozialismus.

Es dämmerte. Lohmann zündete eine Kerze an und arbeitete bis in die Nacht. Es war eiskalt im Zimmer. Er versuchte, den Kanonenofen in der Ecke anzufeuern. Seine Finger waren klamm. Die Zeitungen verbrannten rasch, aber das Holz zündete nicht, es war zu feucht. Er gab es auf und verwendete die restlichen Zeitungen, um das Fenster abzudichten. Dann sah er sich um. Stuhl und Tisch brauchte er noch. Die Bank eigentlich auch. Aber was war mit den Büchern? Er schauderte einen Moment, dann ergriff er das erste Buch: Karl Marx, Das Kapital. Er warf es in den Ofen. Als Nächstes ergriff er die Bibel und warf sie in den Ofen. Er lachte leise bei dem Gedanken, dass er sich gerade selbst befreite, indem er die Bücher der Unterdrücker verbrannte und mit ihnen auch noch sein Zimmer heizte. Damit der Ofen in der Nacht nicht ausging, schloss er die Luftritzen. Dann legte er sich schlafen.

Die Flammen ließen sich Zeit. Im Laufe der Nacht verbrannten sie Bibel und Kapital gleichermaßen zu feiner, grauer Asche und Kohlenmonoxid. Als sich das bleiche Morgenlicht ins Zimmer tastete, hatte Lohmann längst aufgehört zu atmen.

Vielleicht

Die beiden Frauen hatten das Kind abwechselnd im Arm gehalten, bis es aufhörte zu atmen. Jetzt sahen sie sich schweigend an. Das war also das Ende. Anne legte ihren Sohn vorsichtig in das Kinderbett, zog ihr Halstuch ab und deckte es sanft über sein Gesicht.

Anne und Marie hatten sich den Wunsch nach einem gemeinsamen Kind erfüllt. Sie waren seit Jahren zusammen gewesen. Im Kreis ihrer vielen Freunde hieß das Paar Anne/Marie, und da man den Schrägstrich nicht mitsprach, klang es wie eine Person. Wäre ihr Kind ein Mädchen gewesen, hätten sie es vielleicht Annemarie genannt. Aber es wurde ein Junge, den Anne austrug, und er sollte Niko heißen.

Schon während der Schwangerschaft hatten die Ärzte festgestellt, dass etwas mit ihm nicht stimmte. Eine schwerwiegende Missbildung des Herzens und der großen Gefäße, hatte der Spezialist an der Uniklinik gesagt, den der Frauenarzt zu Rate gezogen hatte. Der Professor war ein ernster, grauhaariger Mann, der sehr wohl spürte, was seine Worte in den beiden Frauen auslösten. Er ließ ihnen Zeit, sie in sich sinken zu lassen. Nach einer längeren Pause fragte Anne:

„Kann man etwas machen?"

„Man kann eine Operation versuchen, direkt nach der Geburt. Aber der Erfolg ist ungewiss."

Anne und Marie wurde es übel vor Kummer und Sorge. Schließlich war es Marie, die Nüchterne, die sagte: „Wir versuchen es."

Kurz vor dem Entbindungstermin zogen die beiden Frauen in ein Angehörigenzimmer in einem Wohnheim des Universitätsklinikums. Das Kind wurde mit Kaiserschnitt entbunden. Die beiden Frauen hatten kaum Zeit, das kleine Wesen zu betrachten, auf das sie sich so lange gefreut und um das sie dann so sehr gebangt hatten. Es empfing eine Nottaufe und wurde danach auf eine Neugeborenen-Intensivstation verlegt. Die Operation folgte am nächsten Tag. Danach lag Niko wieder auf der Intensivstation. Die beiden Frauen standen an seinem Bettchen und nahmen zum ersten Mal wahr, wie schön ihr Kind war. In seinem Gesicht ahnte man nichts von seiner Krankheit. Sie waren überwältigt von Zärtlichkeit, auch wenn sie es nicht in den Arm nehmen durften. Stunde um Stunde saßen sie an seinem Bett.

Nach wenigen Tagen verschlechterte sich der Zustand. Der Professor rief sie zu sich.

„Wir können nichts mehr für ihn tun", sagte er leise. „Er wird wieder zurückkehren, und wir können es ihm nur schwerer machen. Fühlen Sie sich stark genug, ihn mit nach Hause zu nehmen?"

Anne und Marie hatten sich nicht abgesprochen, aber sie waren sich sofort einig. Ja, sie wollten ihren Sohn bei sich haben bis zum Ende. Und so kam es dann bis zu diesem Moment.

Marie rief den Hausarzt an. Jemand musste den Totenschein ausstellen. Die folgenden Tage erlebten die beiden wie in Trance. Die Beerdigung, den kleinen, weißen Sarg. Die vielen Freunde und Bekannten, die alle in Sprachlosigkeit verharrten, weil sie nicht wussten, was das richtige Wort war für die beiden Frauen.

Und am Ende nahm der graue Alltag die beiden Ungetrösteten wieder auf, ohne ihnen Trost zu spenden.

Die Zärtlichkeit, die sie für das Kind empfunden hatten, lebte in ihnen weiter, aber sie mischte sich mit Schmerz und Trauer und wurde bittersüß. Auch zwischen ihnen veränderte sich etwas. Sie schlossen sich voneinander ab, und keine von beiden hatte den Mut, in den Schutzwall der anderen einzudringen. Sie konnten einander nicht trösten, wurden füreinander in ihrer Trauer unerreichbar.

Nach außen lebten sie weiter wie früher. Anne arbeitete in einer städtischen Behörde, und Marie war Polizistin.

Dann kam die Pandemie. Marie infizierte sich. Anne zog in ein Wohnheimzimmer und versorgte sie mit Lebensmitteln. Ihr Austausch beschränkte sich auf wenige Worte. Über ihr verlorenes Kind sprachen sie nicht. Nach vier Wochen hatte Marie die Infektion überstanden. Anne hätte in die gemeinsame Wohnung zurückkehren können, aber sie tat es nicht. Sie mochte von nichts mehr an ihr früheres Leben erinnert werden.

Marie fragte sich, was ihre Frau davon abhielt, wieder mit ihr zu leben, aber sie schaffte es nicht, den entscheidenden Schritt zu tun und Anne selbst zu fragen. Es hätte wie ein Vorwurf geklungen.

Die beiden Frauen trafen sich einige Wochen später in einem Konzert. Sie hatten die Karten vor längerer Zeit gekauft, und so kam es, dass sie nebeneinandersaßen. Auf dem Programm stand ein Requiem. Sie hatten damals nicht geahnt, dass das einmal etwas mit ihnen zu tun haben würde. So saßen sie da und wurden mit den ersten Takten gewahr, dass die Musik etwas in ihnen zum Schmelzen brachte. Die tiefen, warmen Klänge sprachen von etwas, das sie mit Worten einander nicht hatten sagen können.

An diesem Abend kehrte Anne zurück. Die beiden Frauen saßen bis in die Morgenstunden beieinander, redeten und weinten abwechselnd. Am nächsten Morgen, einem Sonntag, besuchten sie gemeinsam das Grab ihres Kindes und nahmen zum zweiten Mal Abschied.

Das Zimmer, das sie in ihrer Wohnung für ihr Kind eingerichtet hatten, blieb unberührt. Die Wickelkommode, das Regal mit den Babysachen, das Bettchen und darüber das Mobile mit den kleinen Eulen, die Marie aus Filz geschnitten hatte. Die Tür blieb geschlossen. Sie gingen beide daran vorbei, Tag für Tag.

Einige Wochen später rief Annes jüngere Schwester an, Theresa. Sie hatte einen Ausbildungsplatz in der Stadt bekommen und fragte, ob sie vorübergehend bei ihnen wohnen könnte.

„Wir müssten das Kinderzimmer freiräumen", sagte Anne.

„Wir müssten das Kinderzimmer freiräumen", wiederholte Marie mechanisch. Sie ließen sich einen Tag Bedenkzeit und begannen dann, das, was für ihr Kind bestimmt gewesen war, zu verschenken. Nur das Mobile mit den Eulen behielten sie. Marie hängte es über das gemeinsame Bett, wo die beiden Frauen es morgens beim Aufwachen sehen konnten.

Monate vergingen. Es wurde Winter und wieder Frühling. Theresa hatte längst eine eigene Wohnung gefunden und ihre wenigen Möbel mitgenommen. Das Zimmer blieb leer. Keine der beiden Frauen fragte sich, für wen sie es freihielten.

Eines Morgens war das Mobile verschwunden, das federleichte Gebilde, das einmal für ein Kind bestimmt gewesen war. Die beiden suchten hektisch und fanden es zwischen den Kissen, verbogen, aber nicht zerbrochen. Der Nagel, mit dem es an der Decke befestigt gewesen war, hatte sich gelöst. Zusammen bogen sie es wieder gerade und hängten es auf. Dann sahen die beiden Frauen sich an.

„Ob wir noch auf jemanden warten?", sagte Anne mehr zu sich selbst und dachte an das leere Zimmer.

Marie zögerte lange, bevor sie entgegnete: „Vielleicht. Diesmal wäre ich dran."

Pygmalion

Aysha hatte den Angriff Sekundenbruchteile vorher in den Augen des Uruk kommen gesehen. Sie duckte sich, sodass die Klinge des mächtigen Schwertes über sie hinwegpfiff. Der Schwung des Schwerthiebs ließ den Uruk eine halbe Körperdrehung von Aysha weg machen. Sie nutzte den Augenblick, um ihren Speer mit aller Kraft in seine Flanke zu stoßen. Der Uruk stieß einen Schrei aus und sank auf die Knie. Aysha wich einige Schritte zurück, um außer Reichweite seines Schwertes und seiner Krallen zu kommen. Er blickte sie mit ungläubigem Staunen an. Das Fell an seiner Flanke färbte sich rot. Aysha forschte in seinen Augen und suchte etwas, das sie als Bitte um Verschonung verstehen konnte. Aber sie sah nur Schmerz und wilden Hass. Sie holte tief Luft und stieß den Speer mit aller Kraft in seine ungeschützte Brust.

Rajif hatte dem Kampf interessiert zugeschaut und lehnte sich jetzt zufrieden zurück. Die Nutzerin mit dem Aliasnamen „Rita" hatte sich recht typisch verhalten. Nur ganz wenige hatten den Uruk verschont und damit riskiert, dass er im nächsten Level Verstärkung holte oder sie mit einem Bannzauber belegte, der ihre Bewegungen auf Schneckentempo verlangsamte, sodass sie zur leichten Beute wurden.

Rajifs Aufgabe war es, die Spieler in der Anderwelt zu fesseln. Die Software errechnete aus den physiologischen Parametern der Spieler, die über die Virtual Reality-Anzüge abgegriffen wurden, einen Erregungswert.

In der Arbeitsgruppe nannten sie das „Thrill Index." Wer eine Herzfrequenz über 110 und eine Atemfrequenz von über 20 pro Minute hatte und schwitzte, blieb mit einer Wahrscheinlichkeit von 82 % mindestens zehn weitere Minuten im Spiel.

Wenn er auf die Nutzerdaten schaute, konnte er sich gratulieren. Aysha war sein Geschöpf. Ihre Einführung hatte der Anderwelt innerhalb von vier Tagen einen Zuwachs von einigen Hundert neuen Nutzern beschert. Offensichtlich gab es unter den Gamern so etwas wie Mundpropaganda.

Charaktere in der Anderwelt waren keine willenlosen Marionetten in der Hand der Spieler. Sie hatten ihre Eigenheiten und trafen manchmal Entscheidungen an den menschlichen Spielern vorbei. Daraus ergab sich ein gewisses Maß an Unberechenbarkeit. „Es sind Chimären", hatte Lynn, die Geschäftsführerin, ihm bei seiner Einstellung stolz erklärt: „Mischwesen aus menschlichem Spieler und künstlicher Intelligenz." Die Chimären hatten ihren Erfinder Howard Johnson zum Multimillionär gemacht.

Jetzt, da Aysha im Spiel war, galt es, sie Profil gewinnen zu lassen. Das richtige Profil, wohlgemerkt, und für die Feineinstellung brauchte er wiederum die Daten über das Nutzerverhalten.

Rajif schaute für einen Moment nachdenklich aus dem Fenster. Das Großraumbüro war an zwei Seiten bis zum Boden verglast. Man blickte auf die Hochhäuser der City. Zweiundzwanzig junge Männer und Frauen aus aller Herren Länder saßen vor ihren Terminals, und obwohl kaum jemand sprach, wirkte die Atmosphäre entspannt.

„Alles okay bei dir?", fragte Eileen. „Soll ich dir einen Tee bringen?" Rajif wusste, dass das keine nette Geste war, sondern ihr Job. Sie war die „Feelgood-Managerin" des Teams und hatte die Aufgabe, dafür zu sorgen, dass die Programmierer, Entwickler und Datenanalysten rundum glücklich und zufrieden waren. Eileen hatte auch einen guten Blick für diejenigen, die sich mit einem Problem abquälten. Dann tauchte sie auf, bot eine Nackenmassage an und lieferte eine halbe Stunde Smalltalk dazu.

„Danke ... ich sollte selber mal aufstehen und mir was holen", murmelte Rajif. Er trat an das Buffet, das wie immer mit allem gefüllt war, was man sich wünschen konnte, Salat, Fingerfood, Chips, Döner, Sahnetörtchen. Während er unschlüssig vor dem Buffet stand, spürte er eine Berührung an der Schulter.

„Du hast Aysha entwickelt, nicht?", fragte Sandra, eine der Programmiererinnen. Die Frage war überflüssig, denn alle im Team wussten das, auch Sandra. „Sie ist unglaublich gut geworden, so lebendig, eine richtige Persönlichkeit." Sandra strahlte ihn an. Rajif wusste nichts Rechtes zu antworten. Er lächelte verlegen.

Sandra hatte ihn vor einigen Wochen zu sich zum Abendessen eingeladen, und sie hatten die halbe Nacht geredet. Sie hatte ihm angeboten zu übernachten, aber Rajif hatte abgelehnt. Sie war eine attraktive Frau, aber er wollte im Moment nicht das Risiko eingehen, in eine Beziehung zu rutschen.

„Wir brauchen eine zusätzliche männliche Identifikationsfigur", sagte Lynn auf der Strategiekonferenz am nächsten Tag. „Tugur reicht nicht aus." Tugur war der König des Stadtstaates Mero, auf dessen Seite Aysha gegen die Uruks kämpfte. Er war alt und weise, aber nichts für die User unter dreißig. Daniel meldete sich, bekam den Auftrag, Boloram zu erschaffen und die Vorgabe: Jung, attraktiv, abenteuerlustig und nur mäßig kampferprobt. Die Schaffung eines Charakters verlief nach einem festen Protokoll. Es gab rund achtzig Eigenschaftskategorien, angefangen von Körpergröße, Körperbau, Haarfarbe, Gesichtsschnitt bis hin zu charakterlichen Merkmalen wie Risikobereitschaft, Empathiefähigkeit oder Beharrungsvermögen. In jeder Eigenschaftskategorie hatte man wiederum zahllose Wahlmöglichkeiten, sodass es, wie Rajif einmal überschlagen hatte, 10^{14} mögliche Kombinationen gab. Damit waren sie der Weltbevölkerung mit $8 \cdot 10^9$ Individuen deutlich überlegen. Die beta-Version eines neuen Charakters wurde zunächst im Team besprochen. Wenn er diese Hürde genommen hatte, wurde er in einen Testbereich der Spielwelt entlassen, vom Team der „Zoo" genannt, der nur Mitgliedern des Teams und einer ausgewählten Gruppe von etwa fünfzig Nutzern zugänglich war. Üblicherweise erklärte sich dann jemand aus dem Team bereit, mit dem Charakter zu spielen. Das bedeutete, dass er oder sie sich für mehrere Tage aus den übrigen Jobs ausklinkte und sich nur im Zoo aufhielt. Für die meisten war das wie Urlaub. Rajif meldete sich. Die Auszeit war ihm willkommen, und er war neugierig auf Aysha.

Es dauerte zweieinhalb Anderwelt-Tage, bis er sie gefunden hatte. Sie saß zusammengekauert vor einem Turm auf der Landzunge Morvallis und versuchte, das Rätsel von Khan zu lösen. Damit konnte sie in den Turm gelangen, in dem der *Dritte Schlüssel* verwahrt wurde. Boloram setzte sich neben sie. Sie nahm keine Notiz von ihm. Er betrachtete sie heimlich. Eine schlanke, junge Frau, die dunklen Haare zu einem kurzen Zopf gebunden. Das Gesicht ebenmäßig, aber nicht perfekt symmetrisch; keine klassische Schönheit. Dennoch fühlte er sich von ihr angezogen. Er blickte auf das Pergament, das vor ihr lag, und die Lösung sprang ihm ins Auge.

„Danke!", sagte sie und schaute ihn zum ersten Mal an. Rajif verbrachte auch die kommenden Tage am Bildschirm. Boloram und Aysha, so stellte es sich heraus, waren die perfekten Partner. Sie hatte ein unheimliches Gespür für Gefahren, sodass er sich mit ihr an seiner Seite sicher vor Überfällen aus dem Hinterhalt fühlte. Er seinerseits sammelte rasch Kampferfahrung und verstand die Uruk-Sprache, was sich mehrmals als lebensrettend erwies.

Die geplante Testphase von fünf Tagen näherte sich ihrem Ende. Rajif bemerkte, dass er immer tiefer in das Spiel eintauchte. Er nahm eine Woche Urlaub, um ungestört weiterspielen zu können. An seinem zweiten Urlaubstag gestand er sich ein, dass es ihn nicht wegen der Abenteuer, die er erlebte, in die Anderwelt zog, sondern wegen Aysha.

Irgendwann hatte er das Gefühl, dass Aysha sich veränderte. Es war typisch für die Charaktere der Anderwelt, dass sie Erfahrungen sammelten und daran reiften. Aber Aysha veränderte sich auch äußerlich. Ihr Gesicht wurde etwas schmaler, und die Augenlider senkten sich leicht, sodass sie einen überlegenen Gesichtsausdruck bekam.

Ihre Wangenknochen traten etwas stärker hervor, und ihre Stimme wurde etwas tiefer. Neben den äußeren Veränderungen hatte sich in den letzten Tagen auch ihr Charakter unmerklich gewandelt. Sie schien ihm reifer, lebendiger, menschlicher geworden zu sein.

Rajif öffnete ihre Protokolldatei. Sie legte Zeugnis ab von seiner wochenlangen Arbeit an Aysha. Sein Ziel war es gewesen, nicht einfach nur eine Kämpferin so wie andere zu erschaffen. Er hatte tief in ihr Inneres einige widersprüchliche Wesenszüge angelegt. Sie war mutig – aber nicht furchtlos. Sie sehnte sich nach einem Gefährten – und würde dennoch zunächst einmal jeden zurückweisen. Sie fühlte sich lebendig – und doch gab es eine tief verborgene Todessehnsucht in ihr.

Erst auf den zweiten Blick bemerkte er, dass die Protokolldatei manipuliert worden war. Zwischen den letzten Einträgen, in denen seine eigene Arbeit protokolliert war, gab es Sprünge in den automatisch zugewiesenen Reihenfolge-Indizes. Hier waren offensichtlich Veränderungen an Aysha vorgenommen und automatisch protokolliert worden, und jemand hatte diese Einträge im Nachhinein gelöscht. Rajif war schockiert. Es gab unter den Programmierern eine Vereinbarung, dass Änderungen an einem Charakter nur in Absprache mit seinem Entwickler vorgenommen werden durften.

Wer hatte die Regel gebrochen? Und mit welchem Motiv?

Rajif kannte Aysha gut genug, um zu sehen, wo sie verändert worden war. Es waren einerseits weitere widersprüchliche Wesenszüge eingeführt worden. Andererseits war die Ambivalenz gegenüber einem denkbaren Gefährten durch Sehnsucht ersetzt worden.

Dann entdeckte er, dass auf der tiefsten Ebene der Wesenszüge der Faktor M71 eingefügt worden war. M71 war von der KI selbst nach Analyse von einigen Tausend Lebensläufen realer Menschen generiert worden. Niemand konnte ihn zunächst eindeutig umschreiben. Daher wurden dieselben Biographien erneut in die Software eingegeben, die dann berechnete, in welchen Lebensläufen der Faktor besonders stark ausgeprägt war. Das Ergebnis war überraschend. Unter den herausgefilterten Biographien fanden sich unter anderem die von Widerstandskämpfern und von einem Kinderarzt, der die ihm anvertrauten Waisenkinder ins KZ begleitet hatte. Es sah so aus, als ob M71 etwas mit Mut zu tun hätte, aber der Wesenszug korrelierte nicht mit dem isolierten Merkmal „Mut" oder einem seiner Subtypen. Vielmehr schien es jene Art von Mut zu sein, der den Betroffenen in aussichtsloser Lage zuwächst und sie befähigt, sich im äußersten Falle auch für eine Sache oder für ihnen anvertraute Menschen zu opfern. M71 umfasste aber weitere, noch weniger umschreibbare Wesenszüge und bekam deswegen im Team die vorläufige Bezeichnung *Todesmut plus*. Da unklar war, was er sonst noch in den Charakteren anrichtete, einigte man sich, den Faktor zunächst nicht zu verwenden.

In den nächsten Tagen, die Rajif in der Anderwelt zubrachte, beobachtete er Aysha durch Bolorams Augen sehr genau. Sie war weicher in ihrem Wesen geworden und gleichzeitig entschlossener in ihrem Handeln. Sie schien auch in Bolorams Seele zu lesen.

Gelegentlich sprach sie seine Gedanken aus, bevor er sie für sich selbst formuliert hatte. Wer immer Aysha verändert hatte, hatte sein Handwerk verstanden.

Wer unter den Usern hatte in diesen Tagen mit Aysha gespielt, war sozusagen in ihre Haut geschlüpft? Rajif loggte in ihr Protokoll ein und erlebte eine Überraschung. Es gab keine Gamer-Einträge. Aysha hatte komplett autonom agiert. Rajif war hingerissen. Der Stolz über seine eigene Arbeit mischte sich mit der Faszination durch ihr Wesen, die durch die rätselhaften, von fremder Hand vorgenommenen Änderungen noch verstärkt wurde.

An seinem letzten Urlaubstag schrieb er eine kurze Bewertung von Boloram. Er hatte zwar nicht annähernd die Tiefe der Persönlichkeit von Aysha, aber Rajif hatte auch keine entscheidenden Fehler entdeckt, sodass er am Ende vorschlug, Boloram aus dem Zoo in die reale Anderwelt zu entlassen.

Als er ins Büro zurückkehrte, kam Lynn auf ihn zu. „Robby hat einen schweren Unfall gehabt. Er wird für Wochen ausfallen. Du musst Aysha jetzt erst mal liegenlassen. Wir brauchen dich im Olymp."

Der Olymp bestand aus vier Programmierern, die die Aufgabe hatten, schicksalhafte Ereignisse in der Anderwelt zu inszenieren: Naturkatastrophen, Aufstände der Bevölkerung, Seuchen oder Überfälle fremder Völker. Die Arbeit des Olymps war notwendig, um dem Leben in der Anderwelt noch mehr von jener Unberechenbarkeit beizufügen, die auch dem wirklichen Leben eigen ist. Die vier waren sozusagen die Götter der Anderwelt und nahmen für sich das Recht in Anspruch, die Lebensläufe der Charaktere jederzeit zu durchkreuzen. Immer wieder mal zogen sie sich den Unmut der anderen Teammitglieder zu, wenn sorgsam komponierte Handlungen oder Figuren zerstört oder gewaltsam verändert wurden. Rajif hatte den leisen Verdacht, dass diese Machtstellung auch unterschwellig auf das Verhalten der vier im realen Leben abfärbte. Insbesondere Leonard, der Leiter der Gruppe, trug eine gewisse Überlegenheit zur Schau und hatte sich auch schon mal unnötig in die Gestaltung von Charakteren eingemischt.

Rajif war wie vor den Kopf gestoßen und saß für einen Moment untätig vor seinem Terminal. Er vermisste Aysha, und in den folgenden Tagen, die er mit der Planung einer Flutkatastrophe zubrachte, steigerte sich dieses Gefühl zu einer Art Besessenheit, verbunden mit der Angst, sie bei seiner Rückkehr ins Spiel verändert vorzufinden. In einer schlaflosen Nacht stand er auf, schaltete seinen PC ein und loggte sich in Ayshas Protokolldatei ein. Zu seiner Erleichterung sah er, dass Aysha in der Zwischenzeit nicht verändert worden war, und es hatte auch niemand mit ihr gespielt. Er klickte sich auf die Steuerungsebene durch und sperrte sie. Damit konnte nun niemand außer ihm selbst mehr Änderungen an ihrem Charakter vornehmen, und auch auf der Spielebene konnte niemand mehr mit ihr agieren. Sie sollte ganz sie selbst bleiben. Als er seinen PC herunterfuhr, wurde ihm bewusst, dass er sich wie ein eifersüchtiger Liebhaber verhielt.

Es dauerte genau zwei Tage, bis er aufflog.

„Mehrere Nutzer haben sich beschwert, dass Aysha auf *exklusiv* geschaltet ist. Was soll das?", fragte Lynn. Ihre grauen Augen musterten ihn kühl. Sie konnte vollkommen humorlos sein.

„Sie ist manipuliert worden", antwortete Rajif geistesgegenwärtig. „Ich möchte sie erst mal testen, aber im Moment komme ich nicht dazu."

Lynn gab sich damit zufrieden. Ihr entging, dass er rot wurde.

Die Arbeit an der Flut beanspruchte ihn vollkommen. Dennoch schaute er abends, wenn er allein war, täglich nach Aysha und Boloram. Sie waren getrennt worden. Aysha musste sich nach Mero durchschlagen, um den *Dritten Schlüssel* im Königspalast abzuliefern, während Boloram als Kundschafter die Bewegungen mehrerer Uruk-Verbände im Umland verfolgte. Dann, nachdem Aysha ihren Auftrag erfüllt hatte, geschah etwas Überraschendes: Sie wanderte scheinbar ziellos mal in die eine, mal in die andere Richtung. Rajif ließ sich die Bewegungsprofile der beiden auf der Landkarte anzeigen und als Film ablaufen, und seine Vermutung wurde Gewissheit: Sie suchte Boloram. Er übersetzte für sich, was das bedeutete, und war überwältigt: Sie sehnte sich nach ihrem Gefährten! Es schien, als ob die Änderungen, die der Unbekannte an ihr vorgenommen hatte, geholfen hatten, ihr eine Seele einzuhauchen.

Leonard hatte als Rahmen für die Flut vorgegeben, dass nach tagelangen Regengüssen das Tal der Gadra überflutet werden sollte.

„In dem Gebiet sind drei Dörfer. Damit löschst du einige Charaktere aus!", gab Rajif zu bedenken.

„So ein Pech!", antwortete Leonard grinsend. „Hast du Verwandte dort?" Es machte ihm offensichtlich Spaß, Schicksal zu spielen.

Als Rajif am nächsten Morgen seinen Terminal anschaltete, stellte er fest, dass Leonard den Plan geändert hatte. Nun sollte das gesamte Tiefland überschwemmt werden. Er ging auf das Bewegungsprofil von Aysha. Sie befand sich mitten in einem Gebiet, in dem sich in knapp zwanzig Stunden nur noch ein großer See erstrecken würde. Einzige Rettung für sie wäre die Schlucht von Arkalor, die ins Hochland führte. Aber auch dieser Weg war nicht ohne Risiko. Oberhalb der Schlucht lag der Mondsee, der von einem Damm gegen die Schlucht abgegrenzt wurde. Wenn er brach, würden die Wassermassen alles in der Schlucht hinwegreißen.

Wie konnte er Aysha retten? Er musste sie rechtzeitig auf den Weg zur Schlucht bringen. Als er versuchte, sich in sie einzuloggen, stellte er fest, dass sie durch Administrator-Kennwort gesperrt war. Jemand hatte etwas gemerkt. Nur zwei Personen im Team hatten Administratorrechte: Lynn und Leonard. Lynn schied praktisch aus. Sie kümmerte sich kaum um Programmierung.

Leonard hatte die Füße auf den Tisch gelegt und kaute an einem Sandwich.

„Sieht schlecht aus für deine kleine Freundin!", empfing er Rajif.

Rajif starrte ihn sprachlos an. Er wusste nichts zu entgegnen und kehrte zu seinem Platz zurück. Dort packte er seine Sachen zusammen und meldete sich unter einem Vorwand bei Lynn ab.

Zuhause angekommen, loggte er sich im Beobachter-Modus ein und suchte Aysha. Sie hatte, wie er erleichtert feststellte, die Zeichen am Himmel offenbar richtig gedeu-

137

tet und bewegte sich in Richtung der Schlucht. Der Wasserpegel war mittlerweile gestiegen. Felder und Wege waren überflutet. Auch das Wasser im Mondsee stieg an und schwappte an einigen Stellen über den Damm in die Schlucht. Aber eigentlich müsste sie es rechtzeitig schaffen. Als Rajif sich am Abend erneut einloggte, war Aysha kaum vorangekommen. Er zoomte sich heran und sah, dass sie ein Kind auf den Schultern trug und ein weiteres hinter sich herzog. Offensichtlich hatte sie die Kinder aus einem der überschwemmten Dörfer gerettet. Nach einer Ewigkeit erreichten die drei den Eingang der Schlucht. Das anfängliche Rinnsal hatte sich zu einem Gebirgsbach verbreitert. Aysha blieb stehen. Das Kind war am Ende seiner Kräfte.

Der Damm brach mit einem untergründigen Grollen. Rajif klickte sich aus der Szene heraus. Das, was nun kam, wollte er nicht sehen.

„Es tut mir leid wegen Aysha", sagte Sandra. „Sie war doch unser Geschöpf." Rajif blickte sie überrascht an. Sie nickte unmerklich.

„Warum ... ?" begann er und registrierte plötzlich ihre Ähnlichkeit mit Aysha: Das schmale Gesicht, die etwas hervortretenden Wangenknochen und die leicht über die Augen herabhängenden Augenlider.

Sie antwortete nicht auf seine Frage. „Ihr *Todesmut plus* hat vermutlich dazu geführt, dass sie umgekommen ist", sagte sie bedrückt.

Rajif nickte. „Ich werde sie vermissen", sagte er.

Der Wald des Vergessens

Die Erde bebte, und die Wände des Kellerraums erzitterten. Das Kellerfenster, durch das sie gerade noch ein Stückchen Himmel gesehen hatten, war plötzlich dunkel. Der Junge fror erbärmlich, obwohl sein Kopf heiß war. Er spürte die kühle Hand seiner Mutter auf der Stirn, deren zärtliche Bewegung in diesem Moment erstarrt war. In der neuerlichen Stille hörte er das Flüstern seiner Eltern und das leise Weinen seiner kleinen Schwester. Das Licht einer Taschenlampe flammte auf. Der Vater stieg die Kellertreppe hinauf, kam jedoch nach wenigen Schritten zurück. Der Weg war durch Schutt versperrt.

„Er hat wieder Fieber", flüsterte die Mutter.

Der Junge schloss die Augen und verfiel in einen unruhigen Dämmerschlaf.

Als er erwachte, lagen seine Eltern schlafend auf den Matratzen, die sie neben seinem Bett auf dem Boden ausgelegt hatten. Seine Mutter hatte die Schwester im Arm. Das Kellergewölbe war in ein ungewisses Licht getaucht. Auf seiner Bettkante saß ein alter Mann, halb von ihm abgewandt. Der Junge richtete sich auf. Er fühlte sich besser, das Kopfweh war verschwunden.

Der Alte wandte sich ihm zu. Der Junge vermeinte für einen Moment, eine Ähnlichkeit mit einem Gesicht auf einem vergilbten Foto zu erkennen, das er einmal in einem Familienalbum gesehen hatte.

Sein Gegenüber streckte die Hand aus. „Komm jetzt", sagte er ungeduldig, erhob sich und zog den Jungen zu einer Tür in der Kellerwand, die er bis jetzt nicht bemerkt hatte. Hinter der Tür erwartete er die graue Vorstadt mit den zerstörten Häusern, aber mit dem nächsten Schritt fand er sich plötzlich in einem Wald. Durch das Blätterdach fielen hie und da Sonnenstrahlen und malten helle Flecken auf den Waldboden. Die beiden waren nur wenige Schritte gegangen, als sich vom Boden her eine Stimme beschwerte:

„Wen schleppst du denn jetzt schon wieder an, Hermes?"

Ein Dachs streckte seinen gestreiften Kopf aus einem Erdloch.

„Mein richtiger Name war Hermann", erklärte der Alte, an den Jungen gewandt. „Aber die Tiere haben Hermes daraus gemacht." Und zu dem Dachs sagte er:

„Schlaf weiter, Dago, und sag´ Bescheid, wenn du mal bessere Laune hast." Der Dachs grummelte Unverständliches und zog sich wieder zurück.

„Wo sind wir hier?", fragte der Junge.

„In der Zwischenwelt natürlich", antwortete Hermes und schaute ihn belustigt an.

„Warst du hier noch nie? Komm, weiter!"

Nach einiger Zeit wurde ihr Weg allmählich zu einem Pfad, und der Pfad wurde immer schmaler und war von beiden Seiten von Farnkräutern überwuchert. Irgendwann hörte er einfach auf, so als ob diejenigen, die ihn bisher gegangen waren, hier ihr Ziel erreicht hätten.

„Ich fürchte, wir haben uns verirrt", sagte Hermes.

„Das will ich meinen", sagte eine Stimme. Einige Meter entfernt saß auf einem Ast ein Bartkauz und blickte sie streng an. Bartkäuze blicken immer streng, auch wenn sie es nicht so meinen.

„Bringst du einen neuen Bewohner, Hermes?", fragte er.

„Einen Gast. Er ist nur auf Urlaub", antwortete Hermes.

„Du bist verantwortlich, dass er hinterher alles vergisst!", sagte der Bartkauz streng.

„Selbstverständlich", antwortete Hermes. „Aber es sieht so aus, als ob ich den Weg zum Friedberg vergessen hätte."

Der Bartkauz drehte den Kopf nach hinten, was Eulen in erstaunlichem Maße können, und rief:

„Wotan, hättest du die Güte, unseren beiden Freunden den Weg zu zeigen?"

Aus dem Gebüsch hinter ihm tauchte ein Waschbär auf und bürstete sich die Kletten aus dem Fell.

„Stets zu Diensten", sagte er und deutete eine Verbeugung an, wobei er sich nach Waschbärenart die Vorderpfoten rieb.

Sie gingen bis zu einer Weggabelung zurück und schlugen dann einen anderen Weg ein. Wotan grüßte im Vorbeigehen den einen oder anderen Waldbewohner, mal ein emsiges Eichhörnchen, mal ein Wildschwein, das mit seinem Rüssel geräuschvoll den Waldboden durchpflügte und den Gruß erwiderte.

„Man darf ihnen beim Fressen nicht zuhören, aber sie sind sehr höfliche Tiere", bemerkte er halblaut.

Sie kamen an einen kleinen Bach. Das Wasser war kühl und klar. Der Junge schöpfte Wasser mit der Hand und trank. Er wollte schon weitergehen, als ihm vom Bachbett her etwas entgegenblinkte. Zwischen den Kieseln lag ein Schlüssel. Er hob ihn auf.

„Vielleicht hast du ihn früher mal hier verloren", sagte Hermes.

„Früher?", dachte der Junge und blickte ihn fragend an. Hermes schien seinen Gedanken zu erraten. „Ja, man wird vergesslich hier."

Das stimmte. Der Junge versuchte sich zu erinnern, was geschehen war, bevor dieser Wald ihn aufgenommen hatte, aber alles war wie hinter einem dichten Nebel verborgen.

Der Weg hatte die ganze Zeit bergan geführt. Nun traten sie aus dem Wald heraus auf eine Bergkuppe. Sie gab den Blick frei auf eine Ebene in der Nachmittagssonne, die von Wiesen und Feldern bedeckt war, eingerahmt von Hecken und hier und da unterbrochen von kleinen Wäldchen. Im fernen Dunst ahnte man die Umrisse einer Stadt. Obwohl der Junge kaum je etwas anderes gesehen hatte als die große, graue Stadt, kam ihm die Landschaft seltsam vertraut vor.

Hermes blieb stehen. „Das wollte ich dir zeigen", sagte er.

„Warum gehen wir nicht weiter?", fragte der Junge.

„Später, irgendwann mal", antwortete Hermes. „Aber du musst wieder zurück. Und wirst all das hier vergessen."

Der Waschbär ließ sich ächzend ins Gras fallen.

„Ruh´ dich auch noch etwas aus", sagte Hermes.

Der Junge legte sich neben den Waschbären und schaute den ziehenden Wolken hinterher.

Als er wieder aufwachte, lag er auf einem Sofa in einem fremden Zimmer. Die Fensterscheiben waren zersplittert, und draußen lag unter einem grauen Himmel die zerstörte Stadt. Seine Mutter stand mit dem Rücken zu ihm an einem Waschbecken und wusch Geschirr ab. Ihre Bewegungen hatten etwas Beruhigendes. Als er sich regte, drehte sie sich um und lächelte.

„Du bist wieder wach!", sagte sie. Der Junge nickte.
„Wie fühlst du dich?"

„Gut", sagte der Junge.

„Wir waren verschüttet", sagte die Mutter. „Du warst sehr krank und hast fantasiert. Aber jetzt sind wir gerettet. Erinnerst du dich an die letzten Tage?"

„Nein", sagte der Junge.

Er drehte sich auf die Seite und spürte plötzlich etwas Hartes in seiner Hosentasche. Als er den Schlüssel ertastete, kam alles zurück. Von dem Schlüssel hatte der Bartkauz nichts gewusst.

„Doch, ich erinnere mich. Ich war unterwegs in einem weiten, sonnigen Land", sagte er.

Frühling

Sie stand am Zaun, die Augen geschlossen, und lauschte. Lauschte auf die kleinen Geräusche des Dorfes um sie herum: Auf das sanfte Purren der Hühner nebenan, den Traktor in der Ferne, den Gesang der Vögel. Lauschte auf den Wind, der in dem frischen Laub der Birke spielte. Vor Annemaries innerem Auge lag das Dorf in der Morgensonne. Dieser Frühling sollte, so wusste sie in diesem Augenblick, auch der Frühling nach einem Winter ihres Lebens sein. Anderthalb Jahre hatte sie ihren Mann gepflegt. Ihr wurde mit Macht bewusst, dass sie nun frei war. Die Welt stand ihr offen, und ihr Alter – sie war sechzig – war kein Hindernis. Sie war gesund und würde reisen können, fremde Städte und Menschen kennenlernen.

Und doch lag ein Schatten über ihr. Es war nicht die Trauer. Christophs Tod war nur das Ende eines langen Abschieds gewesen. Es war die Erinnerung an die letzten Monate. Der zerfallende Tumor in seinem Hals hatte einen unerträglichen Geruch verbreitet. Weder Liebe noch Mitleid hatten ihren Ekel überwinden können. Das Morphin hatte seine Schmerzen betäubt, aber gegen den Geruch war der Hausarzt machtlos gewesen. Sie hatte den Mann, den sie liebte und mit dem mehr als ihr halbes Leben zusammen gewesen war, nur noch berührt, wenn es sein musste. Jede Zärtlichkeit hätte sich wie Betrug angefühlt. Sie hatte ihn in seiner größten Not allein gelassen. Er selbst, obwohl in den letzten Monaten unter dem Einfluss der Schmerzmittel in einem Dämmerschlaf, hatte gewusst, was er ihr durch seine Krankheit aufbürdete und hatte sie oft genug weggeschickt.

Der Geruch haftete dem Schlafzimmer immer noch an wie ein Fluch. Dem Schlafzimmer, das zum Krankenzimmer geworden war und aus dem sie lange zuvor mit schlechtem Gewissen ausgezogen war. Längst war das Bett frisch bezogen, waren die Matratzen ausgetauscht. Sie hatte ihre Tochter in das Zimmer geführt, aber die hatte nichts gerochen. An einem Sonntagnachmittag suchte sie die Dorfkirche auf und blieb vor der Marienstatue stehen. Gegen ihre Gewohnheit kniete sie nicht nieder. Schmerz hatte die Jungfrau erlitten, ja, aber was wusste sie von Scham und Schuld? Sie vermeinte, in dem lächelnden, makellosen Angesicht der Statue einen Zug von Hochmut zu entdecken und kehrte ungetröstet nach Hause zurück.

Das Schlafzimmer blieb unbewohnt. Tag für Tag ging sie an der geschlossenen Türe vorbei. Die Zeiten, in denen man solche Zimmer an Studenten untervermietet hatte, waren längst Vergangenheit. Ihren Schlafplatz hatte sie fest im Gästezimmer eingerichtet. Ihre Tochter, als sie zu Besuch kam, fragte einmal, was sie mit dem Zimmer vorhabe. Als sie keine Antwort bekam, gab sie sich zufrieden und kam nicht mehr darauf zurück.

Einige Wochen später infizierte Annemarie sich mit Corona. Es begann damit, dass ihr Geruchssinn schwand. Seltsamerweise nahm sie aber weiterhin den Geruch in dem unbewohnten Schlafzimmer wahr.

„Der Geruch hat sich in deinem Kopf festgesetzt", sagte ihre Tochter. Das hatte sie selbst auch schon begriffen.

Im Laufe der ersten Woche verschlechterte sich ihr Zustand rapide, sodass der Hausarzt sie ins Krankenhaus einwies. Sie fühlte sich elend. Die Luftnot bedrängte sie, aber sie kam ohne Beatmung davon. In ihren Fieberträumen begegnete sie ihren Eltern und einmal auch ihrem Mann. Sie streckte die Arme nach ihm aus und hoffte, dass er ein erlösendes Wort sprechen würde. Aber er blieb ihr fern.

Nach mehreren Wochen im Krankenhaus wechselte sie in eine Reha-Klinik und kehrte drei Wochen später wieder in ihre Wohnung zurück. Noch war sie schwach. Ihre Tochter half ihr in den ersten Wochen im Haushalt und erledigte Einkäufe für sie. Aber sie erholte sich vollständig und dachte schon wieder daran, nun endlich ihre neu gewonnene Freiheit zu nutzen. Sie besorgte sich Reiseprospekte und einen Reiseführer für Griechenland. Das leere Zimmer mied sie.

Aber die Zeit ihrer Freiheit war nur kurz. Die Stationsschwester des Pflegeheims, in dem ihre Schwiegermutter lebte, rief an. Die betagte Dame hatte sich ebenfalls mit Corona infiziert. In dem Pflegeheim herrschte Besuchsverbot. Da das Zimmer der Schwiegermutter im ersten Stock lag, konnte Annemarie nicht einmal am Fenster mit ihr reden.

Sie beschloss, die Neunzigjährige bei sich aufzunehmen. Ein freies Zimmer hatte sie ja. Sie ließ sich im Pflegeheim in alles Nötige einweisen, lernte Blutdruck und Blutzucker zu messen, Insulin zu spritzen und die alte Frau regelmäßig umzulagern, damit sie sich nicht wund lag. Angst davor, sich anzustecken, hatte sie nicht, denn sie hatte ja selbst gerade eine Infektion überstanden. Der Ge-

146

ruch der Kranken und ihrer Ausscheidungen überdeckte den Geruch, der schon vorher in dem Zimmer gehangen hatte. Seltsamerweise empfand sie jetzt keinen Ekel. Der Hausarzt schaute vorbei und lobte sie.

Der Verstand der alten Dame hatte sich schon vor ihrer Erkrankung verdunkelt. Sie unterschied nicht mehr, wer unter den Lebenden und wer unter den Toten weilte. Gelegentlich rief sie nach ihrer Mutter oder fragte nach ihrem Sohn. Annemarie antwortete, dass die beiden unterwegs seien. Das war in einem gewissen Sinne ja die Wahrheit.

Manchmal, wenn sie nachts nicht schlafen konnte, setzte sie sich an das Bett der alten Frau und hörte ihrem Atmen zu. Gelegentlich murmelte die Kranke leise vor sich hin, und einmal meinte Annemarie, den Namen ihres Mannes herauszuhören.

„Hast du Christoph getroffen heute Nacht?", fragte sie am nächsten Morgen. Die alte Dame lächelte nur.

Dann, eines Morgens – es war wieder Frühling geworden – schlief ihre Schwiegermutter ein und wachte nicht mehr auf. Sie rief den Hausarzt, damit er den Totenschein ausstellte. Als sie nach der Beerdigung in ihre Wohnung zurückkehrte, fühlte sie sich zum ersten Mal seit langer Zeit wieder leicht und frei.

Sie betrat das Krankenzimmer und öffnete das Fenster. Es hatte geregnet in der Nacht.

Sie schloss die Augen und atmete tief ein.

Es roch nach feuchter Erde.

Transport

Mein Bruder schaut mich an. Ich rieche seine Angst, aber ich kann ihm nicht helfen. Draußen zieht die Landschaft vorbei, Felder, Wiesen, dann wieder Häuserfassaden. Der Raum ist eng. Wir sind zu fünft. Platz zum Liegen ist höchstens für zwei von uns. Wir lassen den Platz den beiden, die sich ohnehin kaum mehr auf den Beinen halten können.

Wie lange ist es her, dass sie uns in den Lkw getrieben haben? Am Anfang der Fahrt haben sich viele vor Angst entleert. Ihre Ausscheidungen bedecken den Boden. Das hat aufgehört.

Wo fahren wir hin? Namenlose Angst.

Der Transport hält an einer Autobahnraststätte. Die vorgeschriebene Pause. Der Fahrer zündet sich eine Zigarette an, dann noch eine und geht zum Toilettenhäuschen. Danach streckt er sich auf der Liege hinter dem Fahrersitz aus. Die Standheizung läuft. Ein paar Stunden schlafen.

Die Fahrt geht weiter. Ich würde gerne schlafen, aber die Angst und die Kälte halten mich wach. Meinem Bruder geht es genauso. Er steckt seinen Rüssel durch die Gitterstäbe und zieht ihn sogleich wieder zurück. Der Fahrtwind ist kalt.

Der Morgen graut. Wir frieren, haben Hunger und Durst. Dann ist die Fahrt endlich zu Ende. Die Klappe des Lastwagens wird geöffnet und die Gittertür zu unserem Gefängnis. Die Mutigen machen sich auf den Weg nach draußen, irgendwann schließen wir uns an. Draußen er-

148

wartet uns ein Gang, der mit Gittern eingefasst ist und sich immer weiter verengt. Irgendwann können wir nur noch hintereinander gehen. Der Gang führt in eine große Halle. Mein Bruder geht vor mir. Unser Zug stockt. Am Gitter steht ein Mensch mit einer Zigarette im Mund. Er hält meinem Bruder zwei Metallstäbe an den Kopf. Es summt kurz, und mein Bruder bricht zusammen. Ich bekomme einen Schubs.

Nach Hause kommen

Leo setzte sich vor die Tür. Seine Mutter schlief, und er wusste, dass heute keine Türklingel der Welt sie aufwecken würde. Nach einiger Zeit wurde ihm kalt. Er tat, was er bisher nie getan hatte: Er ging zurück in die Schule. Einige höhere Klassen hatten Nachmittagsunterricht, also waren die Türen offen. Im Flur lief er seiner Musiklehrerin in die Arme, Frau Christiansen. Sie schaute ihn fragend an. Leo überlegte, mit welcher Ausrede er begründen könnte, dass er freiwillig wieder in die Schule kam. Hätte er ihr sagen sollen, dass seine Mutter betrunken oder zugedröhnt zu Hause im Bett lag und ihn nicht hörte? Ausgeschlossen. Er murmelte etwas von einem vergessenen Turnbeutel und machte sich wieder auf den Heimweg.

Später konnte er sich nicht mehr an den Unfall erinnern. Die Frau, die ihn angefahren hatte, berichtete unter Tränen, dass der Junge unmittelbar vor ihr aus einer Parklücke auf die Straße gelaufen sei und sie dabei angeschaut habe.

Als er in der Notaufnahme wieder zu sich kam, dröhnte sein Kopf, und sein Brustkorb schmerzte. Neben der Untersuchungsliege stand eine Krankenschwester.

„Du hast eine Gehirnerschütterung und zwei angeknackste Rippen", sagte sie und fragte: „Hast du Schmerzen?"

Leo presste die Lippen zusammen. Als sie sich wieder ihrem Computer zuwandte, sagte er zu ihrem Rücken: „Selber schuld."

Sie drehte sich um und schaute ihn erstaunt an. Sie war ungefähr so alt wie seine Mutter. Ob sie Kinder hatte?

Später am Nachmittag tauchte seine Mutter auf, noch unsicher auf den Beinen. Sie schloss ihn weinend in die Arme. Leo war erleichtert, dass sie ihm keine Vorwürfe machte. Aber er wusste, früher oder später würde das kommen. Nach zwei Tagen wurde er aus dem Krankenhaus entlassen. Die Schwestern und Pfleger waren freundlich zu ihm gewesen. Auf dem Heimweg ging er im Supermarkt vorbei. Der Kühlschrank daheim war leer. Er wusste, seine Mutter würde heute nicht mehr einkaufen, bevor sie ins Nachtleben abtauchte. Immerhin war sie wach. Sie öffnete die Tür, schaute ihn kühl an und atmete den Rauch ihrer Zigarette aus.

„Pass gefälligst nächstes Mal besser auf", fuhr sie ihn an. Er räumte wortlos den Einkauf in den Kühlschrank und verzog sich in sein Zimmer. Kurz danach stand sie in seiner Zimmertür.

„Du hast es genossen im Krankenhaus, oder? War doch bestimmt toll, sich von den Krankenschwestern bedienen zu lassen."

Leo wusste, dass jede mögliche Antwort jetzt einen Wutanfall auslösen würde, und schwieg.

Am nächsten Tag hatte er in der letzten Stunde Musik bei Frau Christiansen. Am Ende der Stunde, als der Musikraum sich leerte, hielt sie ihn zurück und fragte:

„Wie geht es dir, Leo?" Sie hatte von seinem Unfall gehört. Leo zuckte mit den Achseln.

Sie schaute ihn an und begriff, dass er nicht reden wollte.

„Setz dich mal an den Flügel", sagte sie und dann: „Rutsch ein bisschen."

Sie setzte sich neben ihn. Leo spürte die Wärme ihres Körpers und atmete einen schwachen Duft ein.

Die Lehrerin überlegte kurz und spielte dann ein kurzes Präludium. Leo wusste, dass sie hervorragend Klavier spielen konnte, aber bis jetzt hatte sie nur im Musikunterricht gespielt. Jetzt spielte sie für ihn. Als sie geendet hatte, ließ sie die Hände sinken und sagte:

„Jetzt du."

Leo schaute sie fragend an. Sie schlug drei Tasten nacheinander an und dann gleichzeitig. Ein Dur-Akkord. Leo machte es ihr nach. Sie nickte zufrieden und schlug nochmals die drei Töne an, jetzt aber fügte sie über dem obersten Ton einen Ton hinzu.

Leo hatte im Musikunterricht aufgepasst. „Ein Dominantseptakkord", sagte er.

„Richtig. Ein Dominantseptakkord. Wie klingt er?"

„Sehnsüchtig", sagte Leo und drehte sein Gesicht von ihr weg. Jetzt bloß nicht weich werden.

„Jetzt du", sagte sie wieder. Leo gehorchte.

„Und wie geht es weiter?", fragte sie gespannt. Leo spielte erneut einen Dreiklang, änderte aber die beiden oberen Töne. Sie strahlte.

„Bravo! Was ist das jetzt?"

„Die Auflösung."

„Und nach was klingt sie?"

„Wie nach Hause kommen", sagte Leo leise. So begann seine erste Klavierstunde.

Von nun an nahm Claire Christiansen sich jeden Donnerstag nach der letzten Stunde Zeit für ihn. Leo erfuhr später, dass sie auch anderen Kindern Klavierunterricht gab, gegen Bezahlung. Ihm gegenüber erwähnte sie das mit keinem Wort.

Wo aber sollte er üben? Natürlich gab es zu Hause kein Klavier. Aber sie fand eine Lösung. Zwei Straßen weiter lebte ein älterer Mann, der im Rollstuhl saß und auf seine alten Tage beschlossen hatte, noch Klavier spielen zu lernen. Sie besuchte ihn alle zwei Wochen, um ihm Klavierunterricht zu erteilen. Er freute sich, Gesellschaft zu bekommen. Leo durfte täglich an seinem Klavier üben. Er tat es mit Begeisterung und machte rasche Fortschritte.

Es brauchte zwei Wochen, bis seine Mutter bemerkte, dass er jeden Nachmittag für eine Stunde verschwand und donnerstags jetzt später aus der Schule kam.

„So, du hast es also anderswo besser", sagte sie und sprach danach mehrere Tage kein Wort mit ihm.

Nach einem halben Jahr schlug Claire Christiansen ihm vor, an einem Vorspielnachmittag teilzunehmen. Mehr als zwei Dutzend stolze Eltern und Großeltern waren gekommen. Seine Mutter fehlte. Leos Herz klopfte bis zum Hals, als er sich an den Flügel setzte, aber nach den ersten Akkorden floss die Musik wie von selbst, und es ging alles gut. Er war überglücklich und stellte sich vor, später einmal seine Zuhörer so anzurühren, wie seine Lehrerin es vermochte.

Als er nach Hause kam, stand ein Rettungswagen vor der Tür. Er rannte die Treppen hinauf. Die Wohnungstür war offen, zwei Sanitäter standen herum, und ein Notarzt kniete neben seiner Mutter am Boden. Er hatte zwei Finger an ihre Halsschlagader gelegt. Als Leo eintrat, deckte er ein Tuch über ihr Gesicht und erhob sich.

„Komm", sagte er leise und nahm Leo an die Hand. Im Flur fragte er:

„Deine Mutter?" Leo nickte.

„Eure Putzfrau hat uns alarmiert. Ich muss die Polizei verständigen. Gibt es sonst noch Angehörige?"

„Meine Großeltern", sagte Leo.

Der Notarzt reichte ihm sein Handy. „Du kannst jetzt nicht hier bleiben. Rufst du sie an, dass sie dich abholen?"

Leo zog bei seinen Großeltern ein. Sie räumten ihm in aller Eile ein Zimmer frei. Als er es zum ersten Mal betrat, stand eine Vase mit frischen Blumen auf dem Tisch. Und sie entschieden, ein Klavier anzuschaffen. Bald hatte er das Gefühl, nach Hause gekommen zu sein.

Eine Woche später bekamen sie Nachricht, dass der Leichnam seiner Mutter zur Beerdigung freigegeben war. Sie war an einer Überdosis Drogen und Alkohol gestorben.

Am darauffolgenden Donnerstag entzog sich Leo mit einem Vorwand seinem Klavierunterricht. Eine Woche später ebenso. So ging es einige Wochen, bis Frau Christiansen eines Tages in der Musikstunde verkündete:

„Leo, eine Stunde nachsitzen." Die Klasse guckte erstaunt. Leo hatte nichts angestellt.

Als sie mit ihm allein war, setzte sich Claire Christiansen an den Flügel und lud ihn mit einer Armbewegung ein, sich neben sie zu setzen.

„Leo, was ist los mit dir?", fragte sie.

„Nichts", sagte Leo trotzig und schlug mit der Hand auf die Klaviatur.

Claire Christiansen hielt kurz inne. Dann wiederholte sie den Missklang, den er soeben angeschlagen hatte, und löste ihn in eine Tonfolge auf. Nach einigen Verzierungen erschien dieselbe Tonfolge in der linken Hand. Weitere Stimmen kamen hinzu, die mit dem gleichen Thema begannen. Am Ende – nach vielen Umwegen – fanden die Stimmen zusammen in einem Schlussakkord von vollendeter Harmonie.

In diesem Moment schmolz etwas in Leo. Seine Lehrerin legte den Arm um seine zuckenden Schultern.

„Ich bin zu spät gekommen", flüsterte er.

„Hör mir zu, Leo. Deine Mutter war sehr, sehr krank."

Leo senkte den Kopf. Aber von nun an blieb er wieder regelmäßig zur Klavierstunde in der Schule.

Die Anklage, die seine tote Mutter erhob, verfolgte ihn dennoch wie ein Schatten. Eines Tages vertraute er sich seiner Lehrerin an. Sie fasste ihn an den Schultern und schaute ihn an.

„Stell dir vor, du würdest in einem Schloss mit vielen schönen Zimmern leben. In einem steht sogar ein Flügel. Aber im Keller ist eine Folterkammer für Jungen, die nicht im richtigen Moment nach Hause gekommen sind. Was würdest du tun?"

„Nicht in den Keller gehen", sagte Leo. Claire Christiansen strahlte.

„Genau!"

Danksagung

Ein Großteil dieser Texte ist in einem Schreibkurs der Volkshochschule Wittlich entstanden. Ich danke den Leiterinnen Almut Greiser und Gabi Kremeskötter für ihre unzähligen Anregungen und den vielen Teilnehmerinnen und Teilnehmern. Alle zusammen haben über die Jahre ein unvergleichliches Klima der Kreativität geschaffen, ohne das es dieses Buch nicht gäbe.

Ferner danke ich meinem Bruder Michael und seiner Frau Thea, die die Texte redigiert und Korrektur gelesen haben. Mein Dank gilt ferner dem Rheinlese Verlag für das Lektorat und die Gestaltung des Buches.

A.H.

Mehr Informationen über den Rheinlese Verlag und seine Autorinnen und Autoren sowie unsere aktuellen Bücher und Neuerscheinungen finden Sie auf unserer Website unter

www.bildtrifftbuch.com

Kontakt:

info@bildtrifftbuch.com